Arno Camenisch
bei Urs Engeler

Arno Camenisch
Sez Ner

Il signun penda vid siu glaitschirm els pégns sut la hetta dall'alp al pei dil Sez Ner. El penda cul dies encunter il Sez Ner, naven dalla hetta anora aud'ins co el sgiavla, culla fatscha viers la culissa muntagnarda da l'autra vart dalla vallada, nua ch'ils pézs sestendan viers tschiel, in sper l'auter, enamiez il Péz Tumpiv, imposant, co el stat leu, cun ses 3101 meters altezia, sco sch'el vargass si ils auters pézs terreins. Il signun penda els pégns, il zezen di, quel vegn lu schon puspei, quel duei mo aunc dar peis empau, sch'el ei schon buca vegnius surora.

Il caschiel sescufla, la notg fiera el per tiara la crappa da peisa che tuts sededestan. Il purtger ed il paster portan las magnuccas lavagadas tras la clara notg sul plaz vi tras la stalla tochen davos stalla e fieran las magnuccas lavagadas ella güllacasta. Il signun ed il zezen stattan daferton silla sava digl esch culs mauns en sac.

Il zezen ha otg dets, tschun vid il maun seniester e treis vid il maun dretg. Siu maun dretg ha el pil solit en sac ni sut meisa en silla queissa. Sch'el schai ordaviert davon hetta spel claus dils pors el pastg ed ha tratg ora las stivlas e las soccas e dierma, dumbra il purtger sia dettapei. Il zezen dierma il suentermiezdi, pertgei la notg eis el per las vias. El svanescha cu tuts ein en letg e retuorna enzacu la notg. Ils tgauns pren el cun el per ch'ei giappien buca la notg.

4

Der Senn hängt an seinem Gleitschirm in den Rottannen unterhalb der Hütte der Alp am Fusse des Sez Ner. Er hängt mit dem Rücken zum Berg, von der Hütte aus hört man ihn fluchen, mit dem Gesicht zur anderen Talseite, wo die Spitzen der Berge gegen Himmel ragen, Seite an Seite, in der Mitte der Péz Tumpiv, mächtig, wie er da steht, mit seinen 3101 Metern, als überrage er die anderen schneefreien Bergspitzen. Der Zusenn sagt, der kommt dann schon wieder, der soll ruhig noch ein bisschen zappeln, wenn er schon nicht drüber gekommen ist.

Der Käse bläht sich, in der Nacht wirft er die Gewichtssteine zu Boden, dass alle erwachen. Der Schweinehirt und der Kuhhirt tragen die verdorbenen Laibe durch die klare Nacht über den Platz durch den Stall bis hinter den Stall und werfen die Laibe in den Güllenkasten. Der Senn und der Zusenn stehen währenddessen auf der Türschwelle mit den Händen in den Hosentaschen.

Der Zusenn hat acht Finger, fünf an der linken Hand und drei an der rechten Hand. Seine rechte Hand hat er meistens in der Hosentasche oder unter dem Tisch auf dem Schenkel. Wenn er draussen vor der Hütte im Gras neben dem Schweinegehege liegt, die Stiefel ausgezogen hat und die Socken auch und schläft, zählt der Schweinehirt seine Zehen. Der Zusenn schläft am Nachmittag, denn in der Nacht ist er unterwegs. Er verschwindet, wenn alle im Bett sind, und kehrt ir-

Il purtger ha schliata cunscienzia. In piertg schai el clauder da pors e vul buca pli star si. Il purtger smina ch'il piertg cun nas freid seigi futsch, mo el petga tuttina aunc ina duas gadas culla stivla cun stalcappa encunter il schambun, el savess gie tuttina aunc levar si. Il signun di, quel ei futsch, ti tgutg. Pia mo 19 pors pli. Cul signun 20, tratga il purtger. Il signun, la sutga da mulscher ligiada entuorn, va si anavos en stalla, ed il purtger catscha ils pors siadora en camon da pors e tratga, la sutga da mulscher dil signun possi bein rumper en dus tocs. En camon da pors dumbra il purtger ils pors e vegn sin 18 che stattan sin peis ed in che schai. Era quel ei futsch. Aschi schuen sai ir, e sch'ei va vinavon aschia hai jeu damaun marvegl negins pors pli e sai ir a casa. Il sulegl dalla sera sfundra gia plaunsiu davos la pezza giu, il Tumpiv stgirmellens ed umbrivauns, cu il veterinari vegn denter stgir e clar, il Tscharner cun barba, cun venter gries e fegl gries, che salida buca il purtger, mo il signun. Il veterinari di si pil signun, quels han magliau memia bia, la beglia ei schluppada.

gendwann in der Nacht zurück. Die Hunde nimmt er mit, damit die in der Nacht nicht anschlagen.

Der Schweinehirt hat ein schlechtes Gewissen, weil ein Schwein im Schweinegehege liegt und nicht aufstehen will. Dass das Schwein mit kalter Schweinenase tot ist, das weiss der Schweinehirt, doch er klopft trotzdem noch ein paarmal mit den Stahlkappenstiefeln an den Schinken, es könnte ja trotzdem noch aufstehen. Der Senn sagt, quel ei futsch, ti tgutg. Also nur noch neunzehn Schweine. Mit dem Senn zwanzig, denkt der Schweinehirt. Der Senn, den einbeinigen Melkstuhl umgebunden, läuft zurück zum Stall, und der Schweinehirt treibt die Schweine rauf in den Schweinestall und denkt sich, die Sitzfläche des Melkstuhls vom Senn möge in zwei Teile brechen. Im Schweinestall zählt der Schweinehirt die Schweine, kommt auf achtzehn, die stehen, und eins, das liegt. Auch das ist tot. So schnell kann das gehen, denkt der Schweinehirt, und wenn es so weitergeht, habe ich morgen früh keine Schweine mehr und kann nach Hause gehen. Die Abendsonne versinkt bereits hinter den Bergspitzen, der Tumpiv in dunkelgelb und schattig, als in der Dämmerung der Tierarzt kommt, der Tscharner mit Bart, dickem Bauch und dickem Sohn, der den Schweinehirt nicht grüsst, nur den Senn. Der Tierarzt sagt zum Senn, die haben zu viel gefressen, die Gedärme sind geplatzt.

La vacca dil Clemens, la stgira, derscha cul tgau ils palsseiv e rumpa ora. Tschellas vaccas dil Clemens trottan suenter alla stgira. Il veterinari di, vaccas seigien tiers intelligents, bia pli intelligents che cavals, ils cavals vivien dil status, di el, ils cavals fetschien pareta schi eleganta, seigien aber en sesez tups tochen funs. Era sche las vaccas ein pli schlauas ch'ils cavals, sepiarda il paster tuttina pigl uaul entuorn e spera dad aunc anflar las vaccas dil Clemens avon ch'il sulegl seigi svanius dil tuttafatg.

La starlera dall'alp vischina vegn encunter sera cun siu auto tgietschen. Ella seigi grad si da Glion, hagi schau castrar cheugiu siu tgaun, quei seigi iu schneidic, quel seigi aber aunc empau in denter gl'auter. Ella arva la porta davos digl auto, nua ch'il tgaun astga excepziunalmein scher sil sez, nua ch'il tgaun schai e tgula e tugna. El vegli buca pli caminar, di ella. Il tgaun stat buca si, il tgaun vul buca ir, il tgaun vegn buca ora. Il zezen di, quei vegni schon puspei, quel drovi aunc in tec temps, e la starlera di, el dueigi toch vegnir cun ella, el sappi gidar ella ad alzar il tgaun ord igl auto. Il zezen va culla starlera e pren cun el ils tgauns. Lezs ston cuorer suenter agl auto. El mira da finiastra ora e schula si pils tgauns, per ch'els stettien buca eri e tuornien anavos tier la hetta.

Die Kuh vom Clemens, die dunkle, stösst mit dem Kopf die Zaunpfähle um und bricht aus. Die anderen fünf Kühe vom Clemens trotten ihr nach. Der Tierarzt sagt, Kühe seien schlaue Tiere, viel schlauer als Pferde, die Pferde leben vom Status, sagt er, die Pferde würden so elegant daherkommen, seien im Grunde genommen aber dumm. Auch wenn die Kühe intelligenter als die Pferde sind, irrt der Kuhhirt trotzdem im Wald umher und hofft, die Kühe vom Clemens noch zu finden, bevor die Sonne ganz verschwunden ist.

Die Hirtin der Rinderalp an der Grenze zur Stavonas fährt am Abend mit dem Auto vor. Sie sei aus Ilanz zurück, habe dort den Hund kastrieren lassen, das sei zügig gegangen, der sei aber noch ganz mitgenommen. Sie öffnet die Hintertüre ihres roten Autos, wo der Hund ausnahmsweise auf dem Rücksitz liegen darf und vor sich hin jault. Er wolle nicht mehr laufen, sagt sie, der Hund bleibt liegen, er steigt nicht aus, der Zusenn sagt, das werde schon wieder, der brauche ein bisschen Zeit, und die Hirtin sagt, er solle doch mitkommen, um ihr zu helfen, den Hund auf der Rinderalp aus dem Auto zu tragen. Der Zusenn folgt ihr und nimmt die Hunde mit, die dem Auto nachspringen müssen. Er schaut zum Fenster raus und pfeift ihnen zu, damit sie nicht stehen bleiben und zur Hütte zurückkehren.

Il signun schai igl avonmiezdi davon hetta sil baun da lenn culla butteglia da vinars miez vita enta maun e dierma, ferton che la caura stat ell'emprema alzada ella combra dil signun cun vesta sil Tumpiv sil letg franzos e pescha.

Ils pors rumpan mintga di ord lur claus giusut la hetta. Els secavan sut la seiv cargada ora e van sur las pastiras ora tochen giu tiegl ur digl uaul, nua ch'il signun pendeva. Al purtger ei quei schi liung sco lad, quels retuornan aschi spert ch'ei fa sera. Al signun ei quei buca tuttina, züchtiga, di el, smacca la zaunga culs rincs enta maun al purtger e dat cun il zezen. En camon da pors pren il zezen la zaunga ed ils rincs, ed il purtger enquera ora in piertg, tschappa el per las ureglias, seglia si dies al piertg che quel tgula aunc pli dad ault, tila anavos las ureglias e smacca la scha-nuglia ellas costas al piertg, per ch'il zezen sappi ir culla zaunga el nas al piertg e smaccar en il rinc. Ei il piertg enferraus, cuora el vi en tschei cantun e sezup-pa davos tschels pors, che letgan ad el il saung giu dil nas.

Turists carreschan sur la via naturala, ch'ei vegnida baghegiada ora la primavera vargada, cun lur bials autos e tegnan eri davon la seiv sper la hetta e tiban. Ei tiban e miran si viers il crest sur la hetta, nua ch'il paster ed il purtger schaian el pastg, e fan segns, to-

Der Senn liegt am Vormittag vor der Hütte auf der Holzbank mit der halbleeren Schnapsflasche in der Hand und schläft, während die Ziege oben im ersten Stock im Zimmer vom Senn mit Sicht auf den Tumpiv auf dem französischen Bett steht und pinkelt.

Die Schweine brechen täglich aus dem Gehege unterhalb der Hütte aus. Sie graben sich unter dem geladenen Drahtzaun durch und ziehen über die Weiden bis runter zum Wald, wo der Senn gehangen hat. Dem Schweinehirten ist das gleich, die kommen wieder, sobald es Abend ist. Dem Senn ist das nicht gleich, züchtigen, sagt er, drückt dem Schweinehirten die Zange mit den Ringen in die Hand und gibt den Zusenn mit. Im Stall nimmt der Zusenn die Zange und die Ringe, und der Schweinehirt wählt ein Schwein aus, packt es an den Ohren, schwingt sich auf den Rücken des Schweines, dass es noch lauter quietscht, zieht die Ohren nach hinten und drückt die Knie in die Rippen, damit der Zusenn die Zange dem Schwein in die Nase führen kann und zudrücken. Ist das Schwein geringt, stürmt es rüber in die andere Ecke und versteckt sich hinter den anderen Schweinen, die ihm das Blut von der Nase lecken.

Touristen fahren vor über die Naturstrasse, die letzten Frühling ausgebessert wurde, mit ihren schönen Autos und halten beim Zaun vor der Hütte an und hupen. Sie hupen und schauen zum Hügel oberhalb der Hütte hinauf, wo Kuhhirt und Schweinehirt

chen ch'ei ston vegnir sezs ord igl auto, per arver la
seiv, e carreschan vinavon. Vegn minutas pli tard car-
reschan ei il medem tschancun anavos el gang rätur,
perquei che la via meina buca bia pli lunsch e perquei
ch'ei ha buca in plaz da semanar per autos gronds,
e ston tener eri davon la seiv, ch'els havevan schau
aviert, ch'ei ussa puspei serrada, per arver la seiv. Sil
crest sur la hetta el pastg schaian ils fumegls e fan
tgau als usflüglers.

Il prer vegn il suentermiezdi da lunsch sin siu moped
entuorn la curva. El aulza la puorla silla via naturala,
la rassa sgulatscha ed ils tgauns cuoran encunter al
prer cun helm e giappan ch'il prer va cun siu moped
quasi sur via giu ellas crestastgiet. Il prer metta giu
siu moped sper hetta e survegn caffe cun vinars, avon
ch'el supplichescha tuts da vegnir ora avon hetta
davon la culissa muntagnarda, petga al tgaun che
seglia si e letga giu el, giu pil nas, per supplicar Diu
en tschiel, il Tutpussent e Signur sin tiara, ch'ei detti
ina biala stad. Il vent vegn si e la muaglia vegn giu
avon stalla cu il prer, che ha mess si in schal da messa,
reparta entamiez las vaccas ils cudischs d'oraziun. El
dat en las paginas, legia avon, era ils pors ein ruts ora
e vegnan neu tiel prer, scarpan vid sia rassa. La pa-
stregla gnugna suenter quei ch'il prer legia avon, ina
benedida mes'ura tochen tiegl amen e tut ei benediu.
Il prer pren siu moped cun ina magnucca caschiel e
tschun kilos pischada d'alp, sesforza tras la muaglia

12

im Gras liegen, und machen Zeichen, bis sie selber aussteigen müssen, um den Zaun aufzumachen, und weiterfahren, zwanzig Minuten später die gleiche Strecke im Rückwärtsgang zurückfahren, weil die Strasse nicht viel weiter führt und es für grosse Wagen keinen Wendeplatz gibt, und vor dem Zaun, den sie offen gelassen hatten, der jetzt wieder zu ist, anhalten müssen und den Zaun aufmachen. Auf dem Hügel im Gras liegen die Hirten und winken den Ausflüglern zu.

Der Pfarrer kommt auf seinem Moped von weitem um die Kurve, wirbelt den Staub auf der Naturstrasse auf, die Kutte flattert im Fahrtwind, und die Hunde springen dem Pfarrer mit Helm in der Nachmittagssonne entgegen und bellen, dass der Pfarrer fast den Hang hinunter in die Alpenrosen fährt. Der Pfarrer stellt neben der Hütte sein Moped ab und bekommt Kaffee, bevor er alle vor die Hütte vor die Bergkulisse bittet, und dem Hund, der aufspringt und ihn ableckt, auf die Nase haut, um Gott zu bitten, den Herrn im Vaterland, es möge doch ein schöner Sommer werden. Der Wind kommt auf und die Herde runter vor den Stall, als der Pfarrer, der sich einen Messschal umgehängt hat, inmitten der Kühe und Tiere Gebetsbücher verteilt. Er gibt die Seitenzahlen an, liest vor, auch die Schweine sind ausgebrochen und kommen rüber zum Pfarrer, reissen an seiner Kutte, die Älpler plappern nach, was der Pfarrer vorgibt, eine geschlagene halbe Stunde bis zum Amen,

che spetga gia malpazient, e svanescha el tgietschen dalla sera.

Il tschäncli ner cul tac alv sil frunt stat silla punt en stalla cu las vaccas sederschan da stalla viaden e sfraccan ad el las combas davon. El survegn in gep vid omisduas combas. Il tschäncli ner ei in selvadi, el lai buca strihar, cun ghips schon, lu vegn el buca da scappar. Aunc cullas combas entiras era el inagada ligiaus cul sughet vid la seiv davos stalla, haveva scarpau il sughet, cu il purtger leva ir vitier e strihar el, ed era scappaus. Dil purtger stos nuota haver tema, di il zezen.

Il tgiet ha buca tema, lez scappa buca, lez ei in agressiv piertg, di il zezen. El seglia encunter al zezen, sche lez vegn memia datier, ch'il zezen sto buntganar il tgiet culla stivla cun stalcappa, ch'il tgiet sgola in toc. Il tgiet, il bi, protegia sias clutschas, cuviera ellas trasora e dapertut.

Il paster stat en schanuglias davon siu letg e muossa al purtger ils projectils ch'el ha anflau sillas pastiras. Projectils liungs sco bratscha sut, sturschi, cun e senza tgau. Il purtger pren ils projectils e volva els sin tuttas varts, betta els ad ault e peglia si els. Il davos vegnan

bis alles gesegnet ist und der Pfarrer mit einem Käselaib und fünf Kilo Alpbutter auf sein Moped steigt, sich durch die Herde drängt, die bereits ungeduldig wartet, und im Abendglühen verschwindet.

Der schwarze Schafsbock mit weissem Flecken auf der Stirn steht mitten im Stall, als die Kühe hereinstürzen und ihm die Vorderbeine brechen. Er bekommt einen Gips an beiden Beinen. Der schwarze Schafsbock ist ein wilder, er lässt sich nicht streicheln, mit Gips schon, da kann er nicht abhauen. Noch mit ganzen Vorderbeinen war er mal am Stall am Seil angebunden, hatte das Seil durchgerissen, als der Schweinehirt zu ihm wollte, und war abgehauen. Vor dem Schweinehirten musst du keine Angst haben, sagt der Zusenn.

Der Hahn hat keine Angst, der haut nicht ab, der ist eine aggressive Sau, sagt der Zusenn. Er springt den Zusenn an, wenn der zu nahe kommt, dass der Zusenn ihn mit dem Stiefel mit Stahlkappe schlagen muss, dass er ein Stück weit fliegt. Der Hahn, der schöne, beschützt seine Hühner, deckt sie die ganze Zeit und überall.

Der Kuhhirt kniet vor seinem Bett und zeigt dem Schweinehirten die Geschossteile, die er auf den Alpwiesen zwischen Alpenrosen und Edelweiss gefunden hat. Geschosse lang wie Unterarme, verbogen, mit und ohne Kopf. Der Schweinehirt dreht die Geschos-

ils projectils puspei sut letg dil paster en sut il sac vit da truffels. Cura ch'il signun ei tuttina inaga sillas pastiras, anfla era el in projectil. El camonda als fumegls da far ina brava seiv entuorn il projectil, metta si il paster sco guardia e va cun siu Justy giuadora el vitg. Baul il suentermiezdi contonscha la colonna dad autos da militer l'alp. Ils specialists han en vons e resti special. Els tuccan buca en il projectil, els stattan en venter e miran da tuttas varts sil projectil, miran sco luschards, els tegnan neu apparats cun cabels ed antennas e legian giu e scrivan si. Encunter sera van ei lu finalmein tuttina cul projectil e svaneschan en colonna en glaichschritt dalla pastira giuadora tochen giu avon hetta, il capo davontier, van en lur autos e svaneschan senza salid ella puorla entuorn la curva.

Il tgaun seglia si e letga giu il paster, tschei tgaun, il vegl grisch, trotta ordavon. Il tgaun seglia si e sependa vid las cuas dallas vaccas e selai trer suenter, tochen che las vaccas bintgunan davos ora ed il tgaun lai dar e tgula e tila en la cua e retuorna. Ils tgauns vegnan ora bein in cun l'auter, sescagnau vegn ei mo cu ei dat da magliar.

La zoppa po buca ir, la zoppa trotta suenter alla muaglia, stat trasora puspei eri. Il paster schlaga ad

se auf alle Seiten, wirft sie hoch und fängt sie auf. Am Schluss landen die Geschosse wieder unter dem Bett des Kuhhirten und die Decke kommt drüber. Als der Senn doch mal auf der Weide ist, findet auch er ein Geschoss, befiehlt den Hirten, das Geschoss sofort grosszügig einzuzäunen, stellt den Kuhhirten als Wache auf, fährt mit dem Justy ins Dorf runter, und am frühen Nachmittag fährt die Dreierkolonne Militärfahrzeuge um die Kurve mit Spezialisten, die Handschuhe anhaben und Spezialkleider, die das Geschoss nicht berühren, sich ihm von allen Seiten nähern, auf dem Bauch, die Geräte haben, auf denen sie ablesen und notieren, das Geschoss endlich wegschaffen und im Gleichschritt die Weide runterlaufen bis vor die Hütte, der Capo vorneweg, grusslos in die Tarnfahrzeuge steigen und im Staub um die Kurve verschwinden.

Der Hund springt auf und leckt den Kuhhirten ab, der andere Hund, der ältere, trottet voraus. Der Hund springt auf und beisst sich in den Kuhschwänzen fest und lässt sich mitziehen, bis die Kühe ausschlagen und der Hund loslässt, winselt, den Schwanz einzieht und im Bogen zurück zum Kuhhirten kehrt. Die Hunde kommen gut miteinander aus, der junge und der alte graue, gestritten wird nur, wenn es ums Essen geht.

Die Hinkende mag nicht laufen, die Hinkende trottet der Herde nach, bleibt immer wieder stehen. Der

ella il fest giuaden per la crusch tochen ch'il fest sfrac-
ca. La muaglia ei gia daditg svanida egl uaul.

Il signun sesa la sera tard davos la roda da menar
da siu Justy sper la hetta culla butteglia vinars enta
maun. Sper el sesa il zezen e sil sez davos il paster ed
il purtger ed ils dus tgauns. Il signun di, egl auto
eisi il pli segir, el sezaccuda, cu il cametg scadeina
giuaden, maglia naven las seivs al paster, dat fiug als
pégns agl ur digl uaul. Il stemprau lava tras l'alp e
lava giu il Justy tschuf.

Ella val laterala vi da l'autra vart dalla vallada siara il
mir da fermada denter las spundas d'uaul la val. Vid il
mir da fermada penda enzatgi vid sugas, in chinstler,
han ils purs detg, in chinstler che vul embellir il mir
da fermada, en memoria a Suworow. El ha malegiau
figuras vid il mir, figuras neras e quadrats blaus ed
alvs. Figuras neras cun capetschas aultas che van sur
il mir vi, leu nua ch'il sulegl tila siu cunfin. Il zezen
dat il roschpieghel al purtger, per che lez vesi co il
chinstler penda. Il purtger vesa la liunga tenda verda
davos il mir da fermada.

Il tgaun giuven cun fiffa stendida sesa sper il pur-
tger e dat la cua. El ha la lieunga che penda sur ils

Kuhhirt schlägt ihr mit dem Stock aufs Kreuz, bis der Stock zerbricht. Die Herde ist längst im Wald verschwunden.

Der Senn sitzt am Steuer seines grauen Justys am späten Abend neben der Hütte mit dem Zwetschgenwasser in der Hand, neben ihm auf dem Beifahrersitz der Zusenn und auf dem Rücksitz der Kuhhirte und der Schweinehirte und die zwei Hunde. Der Senn sagt, im Auto ist es am sichersten, er zuckt jeweils zusammen, wenn der Blitz niedergeht, dem Kuhhirten die Zäune frisst, am Waldrand die Rottannen in Brand setzt. Der Regen putzt die Alp durch und den dreckigen Justy ab.

Im Seitental auf der anderen Talseite dichtet die Staumauer zwischen den Waldhängen das Tal zu. An der Stauseemauer hängt jemand an Seilen, ein Kinstler, haben die Bauern gesagt, ein Kinstler, der die Staumauer schönmalen will, in Gedenken an Suworow. Figuren hat er an die linke Seite gemalt und blaue und weisse Vierecke. Schwarze Figuren mit grossen Hüten, die über die Stauseemauer schreiten, dort wo die Sonne ihre Schattengrenze zieht. Der Zusenn streckt dem Schweinehirten den Feldstecher hin, damit er den Kinstler hängen sieht. Der Schweinehirt sieht das weite grüne Tal hinter der Stauseemauer.

Der junge Hund mit steifer Pfeife sitzt neben dem Schweinehirt und wedelt mit dem Schwanz, die

dents ora. El aulza la toppa, sgrata culla toppa vid la queissa dil purtger, tochen ch'il purtger streha ad el sur il tgau ora, davos las ureglias giu, sgrata sur las costas vi. El metta dalla vart il roschpieghel. Giusut la hetta agl ur digl uaul va la banda da pors atras. El auda co ils pors tgulan. Els tegnan lur nas cnap sul funs, las ureglias pendan anavon sco sch'ei havessen si schoiclappas.

Ils purs vegnan la dumengia, sch'ei vegnan. Lu stattan ei denter hetta e clauder da pors culs mauns en sac e las Brissagos ellas barbas e miran co la muaglia vegn giu dallas pastiras e viaden davon stalla. Il zezen schula, sch'ei ha visetas, per ch'ils fumegls che caminan davos la muaglia sappien ch'ei hagi visetas, lu vegn la festa schanegiada.

Ils purs van tras stalla. Els strehan allas vaccas che feman ord dies e tgau suls dos, tucrognan ils ivers, dattan il tgau, strehan allas vaccas sur las totonas, dattan il tgau, per suenter far viva cul signun silla buna lavur.

Davon stalla aulza il purtger si la brenta pleina e tschappa la canta sut dalla brenta. La canta sut ei tschuffa e smacca ella dartuglia. Il latg fa spema ellas sadialas cotschnas, sprezza sur igl ur ora sillas cappas

Zunge hängt ihm raus. Er hebt die Tatze, kratzt am Oberschenkel des Schweinehirten, bis der Schweinehirt ihm über den Kopf streichelt, hinter den Ohren kratzt, gegen die Rippen tätschelt. Er setzt den Feldstecher ab. Unterhalb der Hütte an der Waldgrenze läuft die Schweinehorde dem Waldrand entlang. Er hört, wie die Schweine quietschen. Sie halten ihre Schweinenasen knapp über dem Boden, die Ohren hängen nach vorne wie Scheuklappen.

Die Bauern kommen sonntags, wenn sie kommen. Dann stehen sie zwischen Hütte und Schweinegehege mit den Händen in den Hosentaschen und den Brissagos zwischen den Bärten und schauen der Herde beim Einlaufen zu. Der Zusenn gibt dem Kuhhirten und dem Schweinehirten Pfeifzeichen, wenn Besuch da ist, damit sie, die hinter der Herde laufen, wissen, dass Gesellschaft da ist, dann werden die Stöcke geschont.

Die Bauern schreiten durch den Stall. Sie streicheln den dampfenden Kühen über die Rücken, befühlen die Euter, nicken, streicheln den Kühen über die Nacken, nicken, um dann mit dem Senn auf die gute Arbeit anzustossen.

Vor dem Stall hebt der Schweinehirt die volle Milchbrente der Melkmaschine hoch und packt sie mit rechts an der Unterkante. Die dreckige Unterkante der Milchbrente drückt in die Fingergelenke. Die

neras dallas stivlas. Il tgaun giuven letga il latg giu dallas cappas dallas stivlas.

Sch'el astgi prender cun el entginas magnuccas, damonda il pur, suenter ch'el ha fatg viva cul signun, ha dau il maun al zezen, ha pitgau al paster giu per la schuiala ed ha dau il tgau si pil purtger. El fussi leds.

Il purtger scarpetscha vid ina platta sil plaz denter la tegia e la stalla. El dat en venter ella miarda sil plaz. Las sadialas pleinas sdermeina el anavon ed il latg cuora sur il plaz ora, tras la buatscha, ellas fessas dil plaz. Il latg survegn in tun brin. La dartuglia sgarada si brischa ed il baditschun era. Il purtger vul star per tiara tochen che la stad ei vargada.

La vacca sesgrata la notg vid la cantunada dalla hetta. Ella sgrata il culiez vid la cantunada, fa ir il tgau anavon ed anavos, scrola il tgau, fa ir il tgau si e giu vid la canta che sia bransina tuna. Il signun leva la notg, stat en caultschas suten sin finiastra, nua ch'el vesa da di il Tumpiv, nua ch'el mo smina da notg il Tumpiv, e grescha. La vacca sesgrata vid la cantunada, tochen ch'il signun cun fest cumpara silla sava digl esch en caultschas suten e stivlas e sdermeina il fest alla vacca denter ils corns giuaden, aunc ina giuaden pil nas,

Milch schäumt in den roten Eimern, spritzt über die Ränder auf die schwarze Stiefelkappe. Der junge Hund leckt die Milch von der Stiefelkappe.

Ob er einige Käselaibe mitnehmen könne, fragt der Bauer, nachdem er mit dem Senn angestossen hat, dem Zusenn die Hand gegeben, dem Kuhhirten auf die Schulter geklopft und dem Schweinehirten zugenickt hat. Er wäre drum froh.

Der Schweinehirt stolpert an einer Platte auf dem Platz und fällt auf den Bauch in den Dreck. Die vollen Eimer fliegen nach vorne, und die Milch läuft über den Platz aus, durch den Kuhdreck, in die Ritzen der Platten. Die Milch verfärbt sich bräunlich. Die aufgeschürften Fingerknöchel brennen und das Kinn auch. Der Schweinehirt möchte liegen bleiben, bis der Sommer durch ist.

Die Kuh kratzt sich an der Hütte in der Nacht. Sie kratzt sich am Hals an der Hüttenecke, bewegt den Kopf nach vorne und zurück, schüttelt den Kopf, reibt den Kopf an der Kante auf und ab, dass ihre Kuhglocke jedes Mal auftönt. Der Senn steht auf in der Nacht, steht in Unterhosen am Fenster, wo er tagsüber Sicht auf den Tumpiv hat, wo er nachts den Tumpiv nur erahnt, und schreit. Die Kuh kratzt sich an der Ecke, bis der Senn mit Stock in Unterhosen und Stiefeln auf der Türschwelle erscheint und den Stock der Kuh zwischen die Hörner jagt, noch eins

ina giuaden per la crusch ed ina culla stivla viaden el venter. La vacca ei naven ed il signun sbatta igl esch.

Il sulegl scaulda plaunsiu l'aria clara e humida e scatscha las davosas scrottas alvas. Il purtger stat sil plaz denter stalla e hetta cul badel e pren ensemen buatscha. El aulza la buatscha ella carretta. La carretta ha in bratsch rut giu e sia roda platta tgula.

Duront ch'il purtger scua il plaz culla scua da stalla, dumbra il purtger las plattas dil plaz. Ha el scuau a fin il plaz, sa el tuttina bia sco gia il di avon: Il plaz ha 711 plattas. Da quellas ein 51 plattas fessas, 12 ein partidas en quater tocs e 22 han giu in cantun.

La vacca dil Toni Liung, la clara, ha sfraccau giu il tgiern dretg. Il saung tacca vid il stumbel dil tgiern. Il saung tacca vid sia ureglia, il saung tacca vid il culiez e vid la vesta. Las mustgas schuschuran ad ella entuorn il tgau. Ella scrola il tgau, las mustgas dattan suenter per ina fladada, setschentan puspei per tschitschar vid il saung frestg.

Il tschäncli ner cul tac alv sil frunt zuppegia sul plaz vi cul ghips tschuf vid las combas davon. El ha priu giu, ins senta bein las costas, di il zezen culla scadiola da caffe enta maun. Il zezen mira dil tschäncli. Ad el

auf die Nase, eins aufs Kreuz und eins mit dem Stiefel in den Bauch. Die Kuh ist weg, und der Senn schlägt die Türe zu.

Die Sonne wärmt die feuchtklare Luft allmählich auf und vertreibt die letzten weissen Wolkenfetzen. Der Schweinehirt hebt mit der Mistschaufel Kuhfladen vom Platz auf und kippt sie in die Carretta. Die Carretta hat einen abgebrochenen Arm, und ihr plattes Rad quietscht.

Während der Schweinehirt den Platz mit dem Stallbesen wischt, zählt er die Platten des Platzes. Hat er den ganzen Platz gewischt, weiss er gleich viel wie am Vortag: Der Platz hat 711 Platten. Davon sind 51 gespalten, 12 geviertelt und 22 haben einen Ecken ab.

Die Kuh vom Toni Liung, die helle, hat sich das rechte Horn abgerissen. Das Blut klebt ihr am Hornstummel, das Blut klebt ihr am Ohr, auf dem Hals, auf der rechten Backe. Der Fliegenschwarm schwirrt um ihren Kopf. Sie schüttelt den Kopf, die Fliegen fliegen auf, landen wieder, um sich vollzufressen am frischen Blut.

Der schwarze Schafsbock hinkt über den Platz mit den dreckigen Gipsverbänden an den Vorderbeinen. Er ist abgemagert, man spürt die Rippen, sagt der Zusenn mit der Kaffeetasse in der Linken. Der Zu-

muossa il tschäncli buca il frunt cul tac alv. En stalla ei il tschäncli buca pli staus e sur il plaz zuppegia el era strusch pli. Cu il tschäncli ner percorscha il purtger culla scua vi davon spel begl, semeina el e va sut la seiv da lenn ora e svanescha davos stalla vi.

Il pur stat davos hetta e streha alla Marta sur las costas, carsina sia vesta, streha sul nas giu. La Marta stenda ora la lieunga e letga sia mongia. El sghegna loschs sc'ina portaclavau. Ei quei ussa il Vicki ni igl Otto, damonda il purtger il paster, cheu eisi gie pli sempel da differenziar ils palsseiv in da l'auter che quellas duas barbas.

Il signun stat davon la fueina e truscha il ris. Vitier dat ei caschiel veder ch'ei snizzaus en tschaler da caschiel silla cruna da maun dretg. Il caschiel veder ha ina crusta che tacca, ei recents e plein viarms. Quels san ins tagliar ora, di il zezen, quei che mazza buc engrascha, di il signun.

Igl unviern ein dus Hollenders vegni sill'idea da star sur notg sil Sez Ner, di il pur cul nas sc'in truffel sul schnuz. El ruchegia sia Brissago vi e neu ella barba e dat il tgau, cu il signun haregia dad aunc prender in vinars. El mira tier co il signun derscha en, aulza il glas da vinars e derscha giuaden il vinars en in

senn kümmert sich um den Schafsbock. Ihm zeigt der Schafsbock nicht die weissgefleckte Stirn. Im Stall ist der Schafsbock nicht mehr gewesen, und über den Platz hinkt er kaum mehr. Als der Schafsbock den Schweinehirten vorne neben dem Brunnen bemerkt, macht er kehrt und geht unter dem Holzzaun durch.

Der Bauer steht hinter der Hütte und streichelt der Marta über die Rippen, tätschelt ihr über die Backe. Die Marta streckt ihre Zunge raus und greift nach dem Ärmel des Bauern. Der Bauer grinst stolz wie eine Stalltüre. Ist das jetzt der Vicki oder der Otto, fragt der Schweinehirt den Kuhhirten, da ist es einfacher, Zaunpfähle voneinander zu unterscheiden als die zwei Bärte.

Der Senn steht vor dem Kochherd und rührt im Reis. Dazu gibt's jährigen Käse, der im Käsekeller auf der rechten Seite angeschnitten steht. Der alte Käse hat eine schmierige Rinde, ist scharf und voller Maden. Die kann man herausschneiden, sagt der Zusenn, was nicht umbringt mästet, sagt der Senn.

Im Winter sind zwei Holländer auf die Idee gekommen, auf dem Sez Ner zu übernachten, sagt der Bauer mit Knollennase. Er rückt seine Brissago im Bart hin und her und nickt, als der Senn ihn zu einem weiteren Schnaps überredet. Er schaut dem Senn zu, wie er einschenkt, hebt das Gläschen und leert den Schnaps

zuc, quei scaulda flot. Quels hagien lu mess si lur tenda, quels pagauns, han matei tertgau quei seigi bercromantic, igl unviern sil Sez Ner. Il signun dat il tgau, miez schelai en seigien quei stai. El scrola il tgau. Il signun dat il tgau e siara la Brissago denter det miez e det mussader. Aunc in davos, di el, derscha giuaden il schnaps, basta, tgauadia.

Il paster taglia giu dil caschiel veder e tschaghegna daferton vi sil caschiel giuven sillas crunas da l'autra vart. Truffels cuschina il signun buca, mo rösti ord il pac cun ovs en pischada ni pasta. Verduras cuschina il signun buca, persuenter pulenta, pulenta e caschiel, quei fa vegnir ferms, di el si pil purtger.

Il paster ed il purtger ein davos stalla e peschan per la biala. Il paster pescha pli lunsch ch'il purtger. Ils radis da pésch tarlischan el sulegl da miezdi. Il purtger di, ei va per la precisiun, gliez ei pli grev. El dueigi inaga empruar da tuccar ils tgaus dallas crestastgiet, per gliez tonschi denton buca pli.

Entuorn la cantunada dalla stalla seschluета il tigher. El stat eri sper las combas dils fumegls e flattescha entuorn las stivlas da stalla. Il tigher s'auda al zezen. Il zezen ha empermess, il paster astgi prender cun el il tigher, cura che la stad seigi vargada. Il purtger propona al paster da l'autra ga pischar pil tigher.

in einem Zug, das wärmt schön. Die haben ihr Zelt aufgebaut, die Heiden, haben wohl geglaubt, das sei Bergromantik, im Winter auf dem Sez Ner. Der Senn nickt, halb erfroren seien die gewesen. Er schüttelt den Kopf. Der Senn nickt und klemmt die Brissago zwischen Zeigefinger und Mittelfinger. Noch einen letzten, sagt er, kippt den Schnaps runter, basta, tgauadia.

Der Kuhhirt schneidet vom alten Käse ab und schielt dabei auf den frischen auf der anderen Seite. Kartoffeln kocht der Senn nicht, nur Rösti aus der Packung mit Spiegeleiern oder Teigwaren. Gemüse kocht er auch nicht, dafür Polenta, Polenta und Käse, das macht stark, sagt er zum Schweinehirten.

Der Kuhhirt und der Schweinehirt stehen in Stiefeln hinter dem Stall und pinkeln um die Wette. Der Kuhhirt pinkelt weiter als der Schweinehirt, dass der Strahl in der Mittagssonne glänzt. Der Schweinehirt sagt, es geht um die Präzision, das ist schwieriger. Er solle mal versuchen, den Alpenrosenkopf zu treffen, doch dazu reicht es nicht mehr aus.

Um die Ecke schleicht der Tiger. Er bleibt neben den Hirtenbeinen stehen und schmeichelt um die Stallstiefel. Der Tiger gehört dem Zusenn. Der Zusenn hat versprochen, der Kuhhirt dürfe den Tiger mitnehmen, wenn der Sommer durch sei. Der Schweine-

Sin clavau en in cantun anfla il zezen denter magazins sblihi in cudisch plein puorla, in Calender Romontsch dils onns sissonta. El fa giu la puorla, streha naven las teilas falien, schai giu sin ladretsch e sfeglia tras ils inserats da reclama sillas davosas paginas. Bonvin toujours, à votre santé, franzos sa il zezen buca, il coiffeur Franz Kaiser fa reclama per cigaras en gros, e Knikos da Cuera fa propaganda cun costums da teater, Kernbeisser – Crocnoisette von Grison, Androgal 300 Dragées für 47.50 Fr., Trockenfleisch und Frischfleisch aus Disentis, confecziun da damas da Götzer a Cuera, Velo-Condor, Alfa-Laval 100 novs models.

Il purtger ei neunavon. Il paster dierma stagn e sgrezia culs dents. Dalunsch auda il purtger las bransinas dallas vaccas silla pastira da notg, auda la stgella dalla caura che camina enzanua entuorn hetta e stalla, auda il sgurghigliar dil begl davon hetta. Ella combra dasperas runca il signun. Il purtger auda co la porta davos dalla tegia sesarva, tgula e sesiara. El auda ils pass sil plantschiu da lenn.

Il sulegl betta l'umbriva dil fotograf dall'uniun da traffic sillas plattas tschuffas davon hetta. Las mustgas schuschuran entuorn sia capetscha da pescadurs. La

hirt schlägt dem Kuhhirten vor, das nächste Mal um den Tiger zu pinkeln.

In einer Ecke im Heustall findet der Zusenn zwischen vergilbten Magazinen ein verstaubtes Buch, ein Calender Romontsch aus den sechziger Jahren. Er streicht die Spinnweben weg, setzt sich auf den Heuboden und blättert die Werbeinserate auf den hinteren Seiten durch. Bonvin toujours, à votre santé, Französisch kann der Zusenn nicht, der Coiffeur Franz Kaiser wirbt für Cigarras en gros, und Knikos in Chur werben mit Costums da teater, Kernbeisser – Crocnoisette von Grison, Androgal 300 Dragées für 47.50 Fr., Trockenfleisch und Frischfleisch aus Disentis, confecziuns da damas vom Götzer in Chur, Velo-Condor, Alfa-Laval 100 novs models.

Der Schweinehirt liegt wach. Der Kuhhirt schläft und knirscht mit den Zähnen. Von weitem hört der Schweinehirt die Kuhglocken auf der Nachtweide, hört die Glocke der Ziege, die irgendwo vor dem Stall herumläuft, hört den Brunnen vor der Hütte plätschern. Im Zimmer nebenan schnarcht der Senn. Der Schweinehirt hört, wie die Hintertüre der Hütte aufgeht, quietscht und wieder ins Schloss fällt. Er hört die Schritte auf dem Holzboden.

Die Sonne wirft den Schatten des Fotografen vom Verkehrsverein auf die dreckigen Platten vor der Hütte. Die Fliegen surren ihm um den Fischerhut.

porta dalla hetta sesarva e silla sava dalla hetta stat il signun cun camischa dad alp cun fluras cusidas en sil culier, cun vestas cotschnidas e soccas cotschnas da viandonts e curegias cotschnas vid ils calzers. Ses calzers da cuolm tarlischan dil melcfett. La frisura daghira sut la capiala decorada giu. El schigenta giu il maun vid il funs dallas caultschas e stenda vi il maun al fotograf. Il signun scatscha la caura che stat davon hetta sil baun da lenn cun in peitgil e cloma il zezen. Il zezen cumpara silla sava digl esch cul cunti da caschiel enta maun. El hagi il tgil plein da far e sappi buca vegnir ed ils fumegls seigien svani. Ils fumegls en lur überclaids blaus schaian en venter sil crest sur la hetta ed audan co il signun va tras hetta e stalla e smaledescha els. Il fotograf dall'uniun da traffic stat daferton giu davon il claus da pors sper il stativ cun si la camera e pren orda sia cofra ils costums d'alp dall'uniun da traffic. Igl objectiv dalla camera gross sc'ina comba ei drizzaus viers la culissa muntagnarda.

Il sulegl dalla sera va plaunsiu da rendiu. Il vent sufla dalla vallada giuadora e storscha las tschemas. Ord igl uaul ei la muaglia d'udir, co ella sesforza sur la via maluliva tras igl uaul siadora. Ils tgauns giappan. La part sura dalla Surselva ei cuvretga en cun grevas neblas grischas. Igl urezi ei d'udir. El s'avonza dalla vallada giuadora, pren en vitg per vitg, alp per alp. Il sulegl po buca pli suenter, las neblas d'urezi cuvieran en l'alp. Las gaglinas ein seretratgas ed ils emprems

Die Hüttentüre geht auf, und auf der Türschwelle der Alphütte steht der Senn in geblümtem Älplerhemd, mit roten Backen und roten Wandersocken und roten Schuhriemen an den Bergschuhen. Seine Bergschuhe glänzen vom Melkfett. Die Haarpracht unter dem geschmückten Hut tropft. Er streicht sich die Hand trocken am Hosenboden und streckt sie dem Fotografen mit umgehängten Kamerataschen und Stativ hin. Der Senn verjagt die Ziege, die vor der Hütte auf der Holzbank mit Widmung steht, mit einem Fusstritt und ruft den Zusenn. Der Zusenn erscheint auf der Türschwelle mit dem Käsemesser in der Hand. Er habe die Hände voll zu tun und könne nicht kommen und die Hirten seien furt. Die Hirten liegen in ihren Überkleidern auf dem Bauch auf dem Hügel oberhalb der Hütte und hören, wie der Senn um Hütte und Stall läuft und sie verflucht, während der Fotograf neben dem aufgestellten Stativ mit Kamera, das beindicke Objektiv auf die Bergkulisse gerichtet, die Alpkostüme vom Verkehrsverein auseinanderfaltet.

Die Abendsonne hängt tief. Der Wind bläst das Tal hinunter und biegt die Baumwipfel. Aus dem Wald hört man die Herde näher kommen. Die Hunde bellen. Der obere Teil der Surselva ist mit dunklen Wolken bedeckt. Das Gewitter ist zu hören, das sich das Tal hinabarbeitet, Dorf um Dorf, Alp um Alp einnimmt. Die Sonne mag sich nicht mehr halten, die Gewitterwolken dunkeln die Alp ein. Die Hühner haben sich verzogen, und erste Tropfen fallen. Es

daguots crodan. Ei camegia, ei rampluna. Il signun stat silla sava digl esch dalla hetta culs mauns en sac davos il scussal alv e dumbra las secundas denter tun e cametg.

En stiva silla camoda spel radio cull'antenna rutta ei la butteglietta cun aua benedida ch'il prer haveva dau alla pastreglia. La butteglietta da plastic ha in uvierchel blau da strubegiar. Il purtger strubegia giu igl uvierchel blau e beiba ora la butteglietta.

Il signun ed il zezen sesan sin lur sutgas da mulscher ch'ei han ligiau entuorn. Els sesan cul tgau encunter ils venters dallas vaccas e sestendan cun dos gobs sut las vaccas en, sco sch'ei lavassen aur. Ord las boxas en stalla vegn musica. Il signun di, las vaccas dattan dapli latg sche musica va duront mulscher. El stat si denteren e stenda tras il dies, quei ei mussau si. Il signun zacregia, sch'ina vacca smeina ad el la cua entuorn las ureglias, perquei che la cua era buca ligiada si bein. Aunc mender sche las cuas han avon bugnau el fussau.

Il purtger fruscha en ils calcogns dallas soccas cun schampo. El fa bletsch ils calcogns e fruscha els tochen ch'ei fa spema, avon ch'el tila en las stivlas. All'entschatta smaccan las stivlas aunc.

blitzt, donnert. Der Senn steht auf der Türschwelle mit den Händen in den Hosentaschen hinter der Schürze und zählt die Sekundenabstände zwischen Blitz und Donner.

In der Stube auf der Kommode neben dem Radio mit geknickter Antenne steht das Fläschchen Weihwasser, das der Pfarrer den Älplern gegeben hat. Das Plastikfläschchen hat einen blauen Schraubdeckel. Der Schweinehirt schraubt den Deckel ab und trinkt die Flasche aus.

Der Senn und der Zusenn sitzen auf ihren umgebundenen Melkstühlen mit dem Kopf gegen die Kuhbäuche und gebücktem Rücken unter den Kühen, als würden sie Gold waschen. Aus den Boxen im Stall kommt Musik. Der Senn sagt, die Kühe geben mehr Milch, wenn beim Melken Musik läuft. Er steht zwischendrin auf, streckt den Rücken durch, das ist erwiesen. Der Senn flucht, wenn eine Kuh ihm den Schwanz um die Ohren jagt, weil der Kuhschwanz an den Seilen nicht gut festgebunden war. Noch schlimmer, wenn die Kuhschwänze davor in der Abflussrinne gelegen haben.

Der Schweinehirt reibt sich die Socken an den Fersen mit Shampoo ein. Er leert Wasser darüber und reibt die Fersen ein, bis sie schäumen, bevor er die Stiefel anzieht. Am Anfang drücken die Stiefel noch.

Ils usflüglers schubregian giu ils calzers da viagiar el begl davon hetta. Els tilan ora ils calzers da viagiar e las soccas suentadas. Ils usflüglers sesan sigl ur dil begl culs peis el begl. Els bognan las solascalzer tschuffas ell'aua, sgaran culla detta la miarda ord il profil. Vila Dank, dian ei, cura ch'il purtger porta ora ad els ina scadiola, scho guot, gell, nütz-tanca, di il purtger. Quei ei per la miarda el begl, tratga il purtger.

Las vaccas han nums, ils pors buca. Pors ein pors. Las vaccas portan marcas rodundas d'alumini vid las ureglias e cefras sils caluns. Ils fumegls enconuschan las vaccas pil num. Ei daventa familiar, aschi spèrt che las vaccas han nums, di il paster la sera davos stalla, cura che las vaccas ein silla pastira da notg, si pil purtger e dat ad el la Brissago. La Brissago ha el zunglergiau giu d'in pur la dumengia. Vacca ei buca gest vacca. Il purtger tila vid la Brissago e di, el sappi buca capir ch'ei detti purs che detgien ch'ei hagien tschun vaccas, enstagl da dir, jeu hai la Marta, la Barla, la Marlis, la Nicki e la Petra. El tuoscha, quei tuni bein suenter enzatgei, e lai ora il fem il tschiel d'alp dalla sera. Il prer havess stuiu benedir mintga singula vacca cul num e buca semplamein el plenum e basta, di il paster culs mauns en sac. El ruchegia la crutscha denter ils dents vi e neu, lu fussi era la pli davosa cua sut il Sez Ner dalla dretga vart. Il purtger dat il tgau.

Die Ausflügler waschen die Wanderschuhe ab im Brunnen vor der Hütte. Sie ziehen sich die Schuhe aus und die verschwitzten Socken. Die Ausflügler sitzen auf dem Brunnenrand mit den Füssen im Brunnen. Sie tauchen die dreckigen Schuhsohlen ins Wasser, kratzen mit den Fingern den Dreck aus dem Profil. Vielen Dank, sagen sie, als der Schweinehirt ihnen eine Tasse Milch bringt, schon gut, gell, nichts zu danken, sagt der Schweinehirt. Das ist für den Dreck im Brunnen, denkt sich der Schweinehirt.

Die Kühe haben Namen, die Schweine nicht. Die Schweine sind Schweine. Die Kühe tragen runde Aluminiummarken an den Ohren und Zahlen auf den Hüften. Die Hirten kennen die Kühe beim Namen. Es wird familiär, sobald eine Kuh einen Namen hat, sagt der Kuhhirte am Abend hinter dem Stall, als die Kühe auf der Nachtweide sind, zum Schweinehirten und reicht ihm die Brissago, die er den Bauern am Sonntag abgenommen hat. Kuh ist nicht gleich Kuh. Der Schweinehirt zieht an der Brissago und sagt, er bedauere die Bauern, die sagen, sie hätten fünf Kühe, anstatt zu sagen, ich habe die Marta, die Barla, die Marlis, die Nicki und die Petra. Er hustet, das töne doch nach was, und bläst den Rauch in den Abendhimmel. Der Pfarrer hätte die Kühe einzeln mit Namen segnen müssen und nicht einfach im Plenum und basta, sagt der Kuhhirt mit den Händen in den Hosentaschen und schiebt die Krumme zwischen den Zähnen hin und her, dann wäre auch das hinterletzte

Las siluettas dils fumegls davos stalla sepiardan tec a tec el stgir.

Il paun ei dirs sco crap, ins savess sturnir ina gaglina cun quel. Il zezen sfundra il paun sec cun pischada d'alp en siu caffe. En scaffa schaian aunc dus da quels pauns dirs cun meffa sils urs e gievgia ei pér en treis dis. Il zezen selegra, sch'el sa dar il paun sec alla caura. Lezza selegra era.

Il paster ha sia savetscha en sac dallas caultschas da siu überclaid blau. Sch'el sesa giu davos meisa, pren el sia savetscha ord sac. El maglia mo cun quella savetscha veglia. In spinner eis, di il signun, sco sch'ins savess buca magliar cun tschellas savetschas. Disar giu duess'ins quei a ti, mo spetga, quella pos jeu schon aunc tier, jeu storschel ella a ti sin tuttas varts, lein mirar, co ti vul lu magliar cun quella, in'autra dat ei lu buca, gell. Il paster streha giu sia savetscha vid las caultschas suenter gentar e catscha ella en sac dallas caultschas.

Corns ei buca pli modern, di il pur, ils purs giuvens tolereschan buca pli corns, quels tgausplats. El pren giu sia capiala cul maun dretg e streha cul seniester sur il frunt vi, ina vacca senza corns ei buca ina endretga vacca e fertic.

Klauenvieh unterhalb des Sez Ners auf der richtigen Seite. Der Schweinehirt nickt. Die Silhouetten der Hirten hinter dem Stall verlieren sich im Dunkeln.

Das Brot ist hart, man könnte damit ein Huhn erschlagen. Der Zusenn tunkt das Brot mit Alpbutter in seinen Kaffee. Im Schrank liegen noch zwei dieser harten Brote mit Schimmel an den Rändern, und noch ist der Donnerstag drei Tage entfernt. Der Zusenn freut sich, wenn er das harte Brot der Ziege geben kann. Die freut sich auch.

Der Kuhhirt trägt seine Gabel in der Hosentasche des blauen Überkleides. Wenn er sich an den Tisch setzt, holt er seine Gabel aus der Tasche. Er isst nur mit dieser alten Gabel. Ein Spinner bist du, sagt der Senn, als könnte man nicht mit den anderen Gabeln essen. Austreiben sollte man dir das, warte nur, ich verbiege sie dir auf alle Seiten, mal sehen, wie du dann mit dieser essen willst, eine andere gibt es dann nicht, gell. Der Kuhhirt streift die Gabel nach dem Essen an seiner Hose ab und steckt sie in die Hosentasche.

Kuhhörner sind nicht mehr modern, sagt der Bauer, die jungen Bauern würden Hörner nicht mehr tolerieren, diese Hornochsen. Er nimmt seinen Hut in die rechte Hand und fährt mit der flachen Linken über die Stirn, eine Kuh ohne Hörner ist keine richtige Kuh und fertig.

Il milchmesser cantrogna duront ch'el pren probas dil latg da mintga vacca ed empleina mintgamai ina proba en in guoter da plastic. El ha in caz miniatür e trembla sc'ina tattaveglia. El scrivrogna las prestaziuns dallas vaccas en siu cudisch ed ils nums dallas vaccas cun numeras sils guoters da plastic. Sch'el ei persuls en hetta sper la caldera, conta el dad ault canzuns da baselgia en mol e conta puspei pli da bass, sch'in dils fumegls vegn da hetta en cullas hontas cun latg. Il milchmesser controllescha buca con ch'ils fumegls dattan en ad el. Ad el eis ei schi liung sco lad, a tgei vacca ch'ei quentan vitier con.

42 vaccas han buca corns, 32 vaccas han corns, 9 vaccas han corns gronds, 7 vaccas han corns pigns, 3 han stumbels da corns e 2 vaccas han mo in tgiern.

Il resgem bugnaus cun benzin ella sadiala da plech davos pegna gronda brischa. Las flommas sgiavlan davon la preit da lenn siadora, sestendan quasi tochen si tiel plantschiu sura, duront ch'il paster stat davon la porta aviarta dalla pegna gronda cul tschadun enta maun e mira co la scanatscha en pegna gronda sfracca. Pil giavel, sgiavla il zezen che vegn ord stiva cun sutga da mulscher ligiada entuorn. Cu il purtger cumpara silla sava digl esch cun duas sadialas pleinas tochen sum, bingla il zezen culla stivla cun stalcappa la sadiala da plech sper el vi viadora orda hetta giuadora. Las flommas spidan orda sadiala. Il zezen petga la sadiala, petga ella sul plaz giu tochen ch'ella schai

Der Milchmesser summt vor sich hin, während er Milchproben der Kühe in seine Plastikfläschchen füllt und die Milchleistungen in sein Buch schreibt. Wenn er alleine in der Hütte steht, singt er Kirchenlieder in Moll und verfällt wieder ins Summen, wenn einer der Hirten mit Milcheimern auf der Türschwelle steht. Der Milchmesser kontrolliert nicht, was die Hirten ihm angeben. Ihm ist es so lang wie breit, welcher Kuh sie wie viel dazuzählen.

41 Kühe haben keine Hörner, 32 haben Hörner, 9 haben grosse Hörner, 7 haben kleine Hörner, 3 haben Hornstummel und 2 sind einhörnig.

Das benzingetränkte Sägemehl im Blecheimer hinter dem grossen Ofen brennt. Die Flammen fauchen an der Holzwand hoch, fast bis zur Decke, während der Kuhhirte mit dem Löffel in der Hand dem Knacken des Holzes im grossen Ofen zuschaut. Pil giavel, flucht der Zusenn, der mit umgebundenem Melkstuhl aus der Stube kommt. Als der Schweinehirt mit zwei vollen Eimern Milch auf der Türschwelle erscheint, tritt der Zusenn den Blecheimer mit den Stiefeln mit Stahlkappe an ihm vorbei aus der Hütte. Er tritt nach, die Flammen spucken aus dem Blecheimer, bis der brennende Blecheimer unter dem Platz bei den

giusut il begl denter las restonzas per las gaglinas e brischa ora diltut.

Il purtger stat en stiva cul rispli enta maun davon la porta dalla scaffa aviarta. El scriva silla vart dadens dalla porta dalla scaffa il bestan dalla stad. Il rispli sgara silla portalenn. El sa buca pli, sch'el dueigi scriver Schaf cun in f ni cun dus f. El scriva Schaf cun dus f, ponderescha ch'ins scriva Schiff cun dus f, quei sa el aunc, streha lu atras Schaf cun dus f e scriva suravi Schaf cun in f. Segirs eis el buca.

Si davon sil cudisch ei in maletg d'ina dunna cun fazalet da tgau. Ella stat davon giu ch'il dies fa mal. Si davos sil maletg ei la claustra da Mustér. Sillas empremas paginas ei il calender culs nums dils sogns tiels dis. Vitier: Ils 16 da fenadur entscheivan ils dis da tgaun; ils 9 da fenadur las 13.31, vent e frestg; ils 23 d'uost las 6.26, plievgia; ils 14 d'uost las 14.13, fetg cauld; ils 28 d'uost fineschan ils dis da tgaun. Da l'autra vart ils cussegls: Quel che rispunda avon che haver udiu ei ureidis. Levsenn della giuventetgna meina a larmas della vegliadetgna. Il zezen mira siadora viers la collina, nua ch'ils emprems nasvacca cumparan. El auda ils tgauns che giappan.

Essensresten für die Hühner zu liegen kommt und ganz ausbrennt.

Der Schweinehirt steht in der Stube mit dem Bleistift in der Hand und schreibt an die Innenseite der Schranktüre den Bestand des Sommers auf. Der Bleistift kratzt auf dem Holz. Der Schweinehirt weiss nicht mehr, ob er Schaf mit einem f oder mit zwei f schreiben soll. Er schreibt Schaf mit zwei f, überlegt sich, dass man Schiff mit zwei f schreibt, das weiss er noch, streicht dann Schaf mit zwei f durch und schreibt darüber Schaf mit einem f. Sicher ist er sich nicht.

Vorne drauf auf dem Buch ist ein Bild einer Frau mit Kopftuch, die sich bückt, dass der Rücken schmerzt. Im Hintergrund ist das Kloster von Disentis. Auf den ersten Seiten ist der Kalender. Die Heiligennamen sind im Kalender eingetragen. Dazu steht: Am 16. Juli beginnen die Hundstage, am 9. Juli um 12.31 h Wind und frisch, am 23. August um 6.26 h Regen, am 14. August um 14.13 h sehr heiss, am 28. August enden die Hundstage. Auf der rechten Seite die Ratschläge: Gibt jemand Antwort, bevor er richtig verstanden hat, dann gilt der als stumpfsinnig; die Schläge auf den Rücken des Ungläubigen sind Schläge auf den Rücken des Tappalöri. Der Zusenn schaut zu den Hügeln hinauf, wo die ersten Kuhnasen auftauchen. Er hört die Hunde bellen.

La cazzetta tarlischa. Las restonzas dil gentar schaian sil schachdechel spel tschaler da caschiel. Ordadora ei la cazzetta nera dil fiug. Il paster ei leds ch'el ha la stalvatta. Senza stalvatta duvrass el ina sempiterna per schubergiar la cazzetta. El supporta denton buca la canera, cu la stalvatta sguscha ella cazzetta. El survegn pial gaglina da quei, sco sch'el murdess silla savetscha.

Il tgaun giuven ha aunc bia d'emprender, di il signun. Il zezen stat sper el e fema ina Select. El creigi aber buca che quei clepper vegni aschi lunsch sco'l vegl grisch, per gliez seigi el schon da funs ensi memia ureidis. El stat avon hetta cun scussal alv e mira suenter als fumegls cun tgauns e muaglia. Igl ei setratg si, la cozza grischalva ei sesluccada. Cun in tgaun che vala pauc ni nuot stos buca vuler far in'alp. Senza tgaun va nuot, el spida giun plaun, e cun in da quels grad insumma buc. El fruscha cul maun sur la bucca vi. La muaglia ei svanida davos las collinas siadora, e las capialas dils fumegls ein sparidas ella puorla. Il vegl grisch, lez haiel dressau, ussa vesas. Il signun fa entgins pass naven dalla hetta tochen tiegl ur dil plaz, culla fatscha viers il Tumpiv, aulza il scussal alv ed arva las caultschas. Tschei clepper, el sappi era buca daco ch'el hagi priu cun el quel, quei tgilgiunplaun. Il zezen fema giu la cigaretta e fiera ella sul plaz ora ella buglia. El streha al tigher sin sem finiastra sur las sdremas vi, ligia si il scussal blau e va anavos en hetta.

Die Pfanne glänzt. Die Essensreste liegen auf dem Schachtdeckel neben dem Käsekessel. Aussen ist die Pfanne schwarz vom Feuer. Der Schweinehirt ist froh um die Stahlwatte. Nur erträgt er das Geräusch nicht, wenn die Stahlwatte in der Pfanne reibt. Er bekommt Gänsehaut davon, als würde er mit den Zähnen auf die Gabel beissen.

Der junge Hund hat noch viel zu lernen, sagt der Senn. Der Zusenn steht neben ihm und raucht eine Select. Er glaube zwar nicht, dass dieser Lappi so weit komme wie der alte Graue, dafür sei er schon von Grund auf zu blöd. Er steht vor der Hütte mit umgehängter Schürze und schaut den Hirten mit der Herde nach. Der Himmel hat sich aufgetan, die Wolken haben sich gelichtet. Mit einem Hund, der wenig bis nichts wert ist, muss du nicht eine Alp machen wollen. Ohne Hund geht nichts, er spuckt auf den Boden, und mit so einem Hund grad gar nichts. Er fährt mit dem Handrücken über seinen Mund. Die Herde ist hinter den Hügeln verschwunden und die Hirtenmützen im aufgewirbelten Staub auch. Den alten grauen, den habe ich dressiert, jetzt siehst du. Der Senn macht einige Schritte bis zum Rand des Platzes mit dem Gesicht dem Tumpiv zu, hebt die Schürze zur Seite und öffnet die Hose. Den anderen Lappi, er wisse nicht warum er diesen überhaupt mitgenommen habe, diesen Drecksköter. Der Zusenn wirft die Zigarette über den Platz hinaus in den

America stat sil plaz e beiba ord il begl plein. Sia bransina cun bottas ha buca battagl. Quella beiba dapli che quei ch'ella dat latg, di il zezen.

Il signun di che la zoppa mondi buca culla muaglia. La zoppa resta en stalla vid la cadeina, tochen che la muaglia cun tgauns e paster ei svanida. Cu la muaglia ei svanida, fa il zezen liber la cadeina dalla zoppa. El streha ad ella sul tgau giu. La zoppa tschappa culla lieunga gruvia la mongia dil zezen.

La damaun ei freida. Ei pluschigna. Il paster cuora viadora silla pastira da notg. El catscha il tgaun sur la pastira, dai, dai, schula suenter ad el per ch'el mondi aunc pli fetg, duront ch'el tschenta giu il Zaunkönig ed arva la seiv. Igl ei aunc stgir. Il purtger cuora sur la pastira cul fest e zacregia sin peis las vaccas. Las empremas vaccas van spel Zaunkönig vi, nua ch'il paster stat e dumbra ils dis. Era las vaccas dil Clemens ein dentuorn.

Igl iev ha dus mellens d'iev. Il purtger truscha els mellens d'iev ella cazzetta da barsar. Ils dus mellens d'iev semischeidan aunc avon ch'igl alv d'iev ei alvs

Schlamm. Er streichelt dem Tiger auf dem Fenster-
sims übers Fell, bindet sich die Schürze um und geht
in die Hütte zurück.

Amerika steht auf dem Platz und trinkt aus dem
vollen Brunnen. Ihre verbeulte Glocke hat keinen
Klöppel. Die trinkt mehr, als sie Milch gibt, sagt der
Zusenn.

Der Senn sagt, die Hinkende geht nicht mit der
Herde mit. Die Hinkende bleibt an der Kette, bis
die Herde mit Hunden und Kuhhirt weg ist. Dann
kettet der Zusenn die Hinkende los. Er streichelt ihr
über die Nase. Die Hinkende greift mit der rauen
Zunge nach dem Ärmel vom Zusenn.

Der Kuhhirt springt in der Morgenkälte im Niesel-
regen zur Nachtweide, er jagt den Hund um die
Weide, dai, dai, treibt ihn mit Pfiffen an, während
er den Zaunkönig abschaltet und den Drahtzaun
aufmacht. Es ist noch dunkel auf der Weide. Der
Schweinehirt treibt die Kühe auf die Beine, die ersten
Kühe laufen am Zaunkönig vorbei, wo der Kuhhirt
steht und die Tage zählt. Auch die Kühe vom Cle-
mens sind dabei.

Das Ei hat zwei Eigelb. Der Schweinehirt rührt im
Eigelb in der Bratpfanne. Die zwei Eigelb vermischen
sich, noch bevor das Eiweiss weiss wird in der Pfanne

ella cazzetta da barsar sil fiug. Igl iev vesa uss ora sco mintg'auter iev era.

Il signun stat avon il clauder dils pors e mira giu viers igl ur digl uaul, nua ch'ils fumegls van entuorn el sulegl dil suentermiezdi cun sadialas da plastic e scarpan ora cardun. Il signun ha detg ad els ch'ei dueigien scarpar ora il cardun cun ragisch e tut e buca mo tagliar giu. Las vaccas maglian buca quella miarda, ha el detg, ed ussa haveis gie aunc flot duas uras peda, avon ch'igl ei dad ir per las vaccas. Silla pastira agl ur digl uaul van ils fumegls entuorn cun sadialas da plastic e vons. Si spel clauder da pors stat il signun e mira giu. Aschiditg ch'il signun stat si leu, scarpan ils fumegls ora il cardun e mettan el ellas sadialas da plastic.

La via da furmiclas meina sul plantschiu da lenn vi. Las furmiclas reivan dalla comba dalla meisa si e sur la meisa vi. Tiel zucher finescha la via da furmiclas. Il tigher sesa silla meisa dalla stiva ed ha gizzau las ureglias. Siu barbis ei liungs per in tigher, sestenda sillas varts sco antennas. Il tigher streha culla toppa tras la via da furmiclas. El dat la cua.

Quels han bien ozendi, di in dils purs davos meisa, cu il paster ei svanius orda stiva. Pli baul era quei auter, el empleina suenter, el sappi dad ina alp, sin quella seigi in fumegl vegnius castraus. Ils purs volvan ils

auf dem Feuer. Das Ei sieht jetzt aus wie jedes andere auch.

Der Senn steht vor dem Schweinegehege und schaut runter zum Waldrand, wo die Hirten in der Nachmittagssonne mit Eimern herumlaufen und Disteln ausreissen. Er hat ihnen gesagt, sie sollen sie mit der Wurzel ausreissen und nicht abschneiden. Die Kühe fressen den Dreck nicht, hat er gesagt, ihr habt ja jetzt noch gut zwei Stunden Zeit, bevor die Kühe geholt werden müssen. Auf den Weiden am Waldrand laufen die Hirten mit Eimern herum und mit Handschuhen. Oben vor dem Schweinegehege steht der Senn und schaut herunter. Solange der Senn da steht, reissen die Hirten die Disteln aus und legen sie in die Eimer.

Die Ameisenstrasse führt über den Holzboden. Die Ameisen klettern am Stubentisch hoch und über den Tisch. Beim Zucker endet die Ameisenstrasse. Der Tiger sitzt auf dem Stubentisch und hat die Ohren gespitzt. Seine Schnauzhaare sind lang für einen Kater, stehen ab wie Antennen. Der Tigerkater streicht mit der Pfote durch die Ameisenstrasse. Er bewegt den Schwanz hin und her.

Die haben es heute gut, sagt einer der Bauern, als der Kuhhirt aus der Stube verschwunden ist. Früher sei das anders gewesen, er schenkt nach, er wisse von einer Alp, da sei ein Hirte kastriert worden. Die Bau-

tgaus viers il pur che sesa sut il crucifix. Schon mo in iev, di lez e truscha siu caffe, cun dus ziaghels, zac, e vec cugl iev. Quel mondi aunc oz entuorn mo cun in iev. Quei seigi gie buca da cumparegliar cullas alps dad oz, quei dad ozendi seigi gie vacanzas cumparegliau cun pli baul. Il paster vegn cul ruog da caffe plein en stiva fimentada. Aschia seigi quei stau, disciplinar, lu fetschien ei buca tudi saich. El stenda vi sia scadiola vita al paster.

L'aua freida el freid dalla damaun scarpa si ils mauns alla pastreglia. Mauns sco pupi da glas. Furschar en etgs gida il suentermiezdi, mo sco ch'ei fa di, scarpa la ferdaglia dalla damaun puspei si ils mauns. Silla dartuglia scarpa la pial gl'emprem, lu sillas giugadiras dalla detta e sillas palmasmaun. La pastreglia fruscha en melcfett, quei che gida era buca. Il sulet che gida pli u meins ei il Tucsticktrentagrams cun uvierchel da strubegiar. Il sulet che gida veramein ei da metter ils mauns en sac dallas caultschas.

Il purtger stat sil crest sur la hetta e tschontscha cugl um da crap.

Il Canadier ha ina barba cotschna ed ina bricla sil frunt. El sesa sigl ur dil begl e streha al tigher sur las sdremas vi. Al zezen ha el purtau paun frestg ed ina scatla cigaras d'import orda Maria la Gorda de Cuba. El sgoli anavos en in'jamna, di el si pil zezen

ern drehen dem Redenden unter dem Kruzifix die Köpfe zu. Schon nur ein Ei, sagt er und rührt in seinem Kaffee, mit zwei Ziegeln, zac, und weg mit dem Ei. Der laufe heute noch mit einem Ei herum. Das sei ja nicht zu vergleichen mit den Alpen heute, das heutzutage seien ja Ferien verglichen zu früher. Der Kuhhirt kommt mit dem vollen Kaffeekrug in die verrauchte Stube, so sei das gewesen. Disziplinieren, dann würden die nicht die ganze Zeit Saich machen. Er streckt dem Kuhhirten seine leere Tasse hin.

Das kalte Wasser in der Morgenkälte reisst den Älplern die Hände auf. Hände wie Schleifpapier. Salben mildert am Nachmittag, am Morgen reisst die Kälte die Hände wieder auf. Auf den Fingerknöcheln reisst die Haut zuerst, dann an den Fingergelenken, auf den Handflächen. Die Älpler schmieren Melkfett ein, was auch nicht hilft. Das einzige, was halbwegs hilft, ist der Tuc Stick dreissig Gramm mit mistverschmiertem Schraubdeckel. Das einzige, was wirklich hilft, ist die Hände in die Hosentaschen tun.

Der Schweinehirt steht auf dem Hügel und redet mit dem Steinmann.

Der Kanadier hat einen roten Bart und eine Warze auf der Stirn. Er sitzt auf dem Brunnenrand und streichelt dem Tigerkater über die Streifen. Dem Zusenn hat er frisches Brot mitgebracht und eine Schachtel kanadische Importzigarren aus Maria La Gorda in

che sesa sper el sigl ur dil begl. Sch'el stetti pli ditg, damonda il zezen, inaga mirar. Neu vi e viseta mei, cu quei cheu ei vargau, cheuvi penda il horizont pli bass, e streha sur sia barba cotschna. Il zezen muenta siu maun vi e neu ell'aua dil begl. Il tigher seglia giu digl ur dil begl. El va sul plaz vi e sut la stalla vi e svanescha davos la cantunada vi.

Ella suppa ei in nuv. Il nuv schai sil funs dil taglier. Il nuv vesa ora sc'in rap. Daco maglias buca, damonda il signun e sfundra il caz ella cazzetta, che stat amiez la meisa, ed empleina siu taglier da suppa ina secunda gada, matei buca bien avunda per in fumegl. Il purtger truscha sia suppa. Il nuv vid la mongia dalla giacca da mulscher dil signun maunca.

Denter las vaccas che vegnan catschadas sur las collinas giu viers stalla ei il taur dall'alp vischina. Ins enconuscha el gia da lunsch. Sia altezia dalla schuiala varga si quella dallas vaccas. Il paster davos la muaglia tegn en egl il taur. Ina vacca dil Georg gioga. Quei ei gia curdau si la damaun, avon che las vaccas ein idas siadora viers il Sez Ner. Ella mava si a tschellas vaccas, mava si a quellas ch'ella pudeva tier e fageva pir ch'il mund mass sutsu. Il taur ei ius tras las seivs si ellas pastiras viers il Sez Ner ed ei semischedaus denter la muaglia. Il taur sa tgei ch'el vul.

Kuba. Er fliege in einer Woche zurück, sagt er dem Zusenn, der neben ihm auf dem Brunnenrand sitzt. Ob er länger fortbleibe, fragt der Zusenn, mal sehen. Komm doch rüber und besuch mich, wenn das hier durch ist, dort drüben hängt der Horizont tiefer, und streicht sich über den Bart. Der Zusenn bewegt seine Hand im Brunnenwasser hin und her. Der Tiger springt vom Brunnenrand runter. Er läuft über den Platz und am Stall vorbei.

In der Suppe ist ein Knopf. Er liegt auf dem Tellergrund. Der Knopf sieht aus wie eine Münze. Warum isst du nicht, fragt der Senn und schöpft einen zweiten Teller aus der Pfanne auf dem Tisch, wohl nicht gut genug für einen Hirten. Der Schweinehirt rührt in seiner Suppe. Der Knopf am Ärmel der Melkjacke vom Senn fehlt.

Unter den Kühen, die über die Hügel runter zum Stall getrieben werden, ist der Stier der Nachbarsalp. Man erkennt ihn bereits von weitem. Seine Schulterhöhe überragt die der Kühe. Der Kuhhirt hinter der Herde behält den Stier im Auge. Eine Kuh vom Georg ist stierig, das hat sich bereits am Morgen gezeigt, bevor die Kühe Richtung Sez Ner gelaufen sind. Sie hat die anderen Kühe bestiegen, hat ihnen ihr Euter gegen die Hinterbeine gedrückt, hat getan, als würde die Welt gleich untergehen. Der Stier hat auf den oberen Weiden die Zäune durchbrochen und

Il tigher sesa onsum il tetg sil spitg e mira giu silla muaglia che sestauscha davon hetta vi. Da lunsch ei il tuccar dalla sera d'udir. Ils fumegls catschan la muaglia viadora silla pastira da notg. Il sulegl va plaunsiu da rendiu davos ils pézs sisum la Surselva giu, betta liungas umbrivas dalla vallada giuadora. Sur la via naturala va il Canadier cun siu töff, aulza la puorla silla via naturala, e svanescha entuorn la curva. Il zezen sesa davos hetta sin ina buora.

La notg ei clara clara. Las steilas glischan git. Il signun schai davon il claus dils pors el pastg e dierma. Spel signun schai la butteglia. Il Fazandin cava cun sia pala in foss entuorn il signun. El fetga la pala ella tiara, smacca cul calzer da cuolm silla pala, aulza ora la tiara, fetga la pala giuaden ella tiara, aulza ora, tochen ch'el ha cavau entuorn entuorn il signun. El cava vinavon, cava vinavon, cava vinavon Fazandin, pli e pli profund entuorn il signun.

Sut il boiler schaian duas umbrivas. Igl um tegn il maun davon sia fatscha encunter la glisch dalla taschalampa. El semeina e cuviera giu la dunna culla cozza tochen culiez. Cura che las vaccas ein en stalla, las maschinas da mulscher pumpan, il fiug arda ella pegna gronda, il tgietschen dalla damaun ei tras ed il

hat sich unter die Herde gemischt. Der Stier weiss, was er will.

Der Tigerkater sitzt zuvorderst auf dem Hüttendach und blickt auf die Herde runter, die sich über den Platz drängt. Von weitem ist das Abendläuten zu hören. Die Hirten treiben die Herde auf die Nachtweide. Die Sonne sinkt allmählich tiefer hinter den Bergen in der oberen Surselva, wirft lange Schatten das Tal hinunter. Auf der Naturstrasse fährt der Kanadier, dass der Staub aufwirbelt, und verschwindet um die Kurve. Der Zusenn sitzt hinter der Hütte auf einem Holzklotz.

Die Nacht ist sternenklar. Der Senn liegt vor dem Schweinegehege im Gras. Neben dem Senn liegt die Flasche. Der Fazandin gräbt mit seiner Schaufel einen Graben um den Senn. Er steckt seine Schaufel in die Erde, drückt mit dem Bergschuh nach, hebt die Erde aus, steckt die Schaufel wieder in die Erde, hebt aus, bis er rundherum um den Senn gegraben hat. Grab weiter, Fazandin, grab weiter, tiefer und tiefer um den schnarchenden Senn herum.

Unter dem Boiler liegen zwei Schatten. Der Mann hält sich die Hand vor das Gesicht gegen das Licht der Taschenlampe. Er dreht sich auf die Seite und deckt die Frau mit der Decke bis zum Hals zu. Als die Kühe im Stall sind, die Melkmaschinen pumpen, das Feuer im grossen Ofen lodert, die Morgenröte durch

sulegl sclarescha plaun a plaun il tschiel, bogna il péz dil Tumpiv en mellen e sforza sias umbrivas engiu, ein las duas umbrivas sut il boiler cun zaigher svanidas.

Igl Alig vegn cun siu Rapid cun punt entuorn la cantunada dalla hetta. El va sur il plaz vi sil prau da fein davos clavau, nua ch'il fein ei aults tochen schanugl. Sil prau da fein strubegia el giu la punt da siu Rapid e peina ils cuntials. El ligia la corda entuorn la curbla, tila vidlunder, capiergna, ligia il sughet aunc inaga entuorn la curbla e volva il hebel. El tila pil sughet ed il motor sfracca la pasch dalla damaun.

Igl Alig stat sil prau da fein e sega. El va cun siu Rapid cullas mongias dalla camischa viultas si e calzers vegls da militer cun capaneghels vi e neu sil prau. Siu Rapid rampluna regularmein. Sco in grond general catscha igl Alig sia maschineria sur la pastira, terrescha tschiens enina. Denteren stat el eri e pren in schluc ord la butteglia gronda da Calanda miez vita che schai sut il canvau en, quei fa bein, tochen ch'el ha terrau a fin ed era la secunda butteglia ei vita. Igl Alig prepara neu siu Rapid, tgauadia, e svanescha sur la via naturala entuorn la curva.

Il signun carrescha cun siu Justy ponn per ponn sin tetg dil Justy naven dil prau vi avon clavau. Ils tgauns

56

ist und die Sonne allmählich den Himmel aufhellt, die Spitze des Péz Tumpiv in gelb taucht und seinen Schatten nach unten treibt, sind die zwei Schatten unter dem Boiler mit Anzeige verschwunden.

Der Alig fährt mit seinem Rapid mit Ladebrücke um die Hüttenecke. Er fährt über den Platz bis auf die Heuwiese hinter dem Heustall, wo das Gras kniehoch steht. Auf der Heuwiese schraubt er die Ladebrücke seines Rapids weg und richtet die Messer. Er bindet den Strick um die Kurbel, zieht daran, capiergna, bindet den Strick nochmals um die Kurbel und verstellt einen Hebel. Er zieht am Strick, und der Motor bricht die Morgenstille.

Der Alig steht auf der Heuwiese und mäht. Er läuft mit seinem Rapid mit aufgekrempelten Hemdärmeln und alten Militärschuhen mit capaneghels auf der Wiese hin und her. Sein Rapid rattert gleichmässig. Wie ein grosser General treibt der Alig seine Maschinerie über die Wiese, fällt Hunderte auf einmal. Zwischendurch bleibt er stehen, nimmt einen Schluck aus der grossen halbleeren Calandaflasche, die unter der Mahd liegt, das tut gut, bis er fertig gefällt hat und die zweite Flasche leer ist, er seinen Rapid wieder herrichtet und, tgauadia, auf der Naturstrasse um die Kurve verschwindet.

Der Senn fährt mit seinem Justy Heutuch um Heutuch auf dem Justydach von der Heuwiese zum Heu-

trottan suenter ad el. Il purtger stat sin ladretsch culla fuortga e reparta il fein els cantuns. Ei fa puorlanza. La caura stat sper ladretsch. Ella sgnappa vid il fein frestg. Ils tgauns trottan suenter al Justy, puspei envi, nua che la proxima carga vegn ligiada. Il signun vegn buca ord il Justy.

Igl ei suentermiezdi tard, il fein ei sin ladretsch, il prau da fein ei schubergiaus ed ils fumegls vegnan naven dalla hetta siadora culs tgauns viers il crest, sper igl um da crap vi e vinavon siadora. Els svaneschan davos ils proxims crests sper la seiv siadora viers il Sez Ner.

Il zezen stat culs mauns en sac davon il clauder dils pors e mira vi sin tschella vart dalla vallada, nua ch'il vitg schai sut il Tumpiv. El mira vi sils luvrers cun lur maschinas agl ur dil vitg, co ei cavan ora quei gliendisdis da stad ils foss ed uliveschan ora ils praus pil plaz da golf.

La zoppa po buca magliar. La zoppa ei en stalla vid la cadeina, tochen che la muaglia cun tgauns e paster cun capetscha ein naven. Il zezen fa liber la cadeina dalla zoppa, la porta dalla stalla vegn serrada. Il zezen ha purtau giu fein ad ella. La zoppa freda vid il fein. Ella maglia buca. Ella schai giu. Aua vul ella era

stall. Die Hunde trotten ihm nach. Der Schweinehirt steht mit der Heugabel auf dem Heuboden und verteilt das Heu in die Ecken. Die Ziege steht neben dem Heuboden. Sie schnappt am frischen Heu. Die Hunde laufen dem Justy nach, wieder rüber, wo die nächste Ladung gebunden wird. Der Senn bleibt sitzen.

Der Spätnachmittag bricht an, das Heu ist auf dem Heuboden und die Hirten kommen von der Hütte mit den Hunden den Hügel hinauf, am Steinmann vorbei und verschwinden hinter den nächsten Hügeln dem Zaun entlang hinauf Richtung Sez Ner.

Der Zusenn steht am Schweinegehege mit den Händen in den Hosentaschen und schaut aus seinen Stiefeln rüber auf die andere Talseite, wo das Dorf am Fusse des Tumpiv gebettet liegt. Er sieht, wie die Arbeiter an diesem klaren Sommermontag am Dorfrand auf den Wiesen die Graben für den Golfplatz mit Maschinen ausheben und die Weiden glätten.

Die Hinkende mag nicht essen. Sie ist im Stall angebunden an der Kette, bis die Herde mit Kuhhirt mit Hut und Hunden weg ist. Der Zusenn kettet sie los, die Stalltüre bleibt aber zu. Der Zusenn trägt ihr Heu runter, wirft es in den Futtertrog. Die Hinkende riecht am Heu, rührt es aber nicht an. Sie legt sich hin. Auch Wasser will sie nicht. Das Wasser lässt der

buca. Il zeiver cun aua lai il zezen star sper la zoppa. El streha ad ella sur la crusch giu e va ord stalla.

Turists carreschan silla via naturala neu e tegnan eri davon il paster che stat sper via cun in matg crestastgiet enta maun. Ils turists laian ir il motor e fan amogna al paster da cumprar giu las crestastgiet ch'el tegn enta maun. Il purtger mira sur las tendas crestastgiet che flureschan ti mordio sur e sut via e mira puspei sils turists cun spiaghels da sulegl e capetschas da globis.

Va si pils ovs, di il signun si pil purtger ch'ei en camon da pors cul schlauch. Il purtger pren la scala giud guotta e va da scala si tiel gagliner che penda el cantun sul camon da pors. El catscha las gaglinas che sesan sin lur ovs dalla vart, pren ora ils ovs e metta quels en sia capetscha. Treis ovs marschs, di il signun, per che las gaglinas maglien mo gl'entir di e barschunien entuorn hagi el lu buca runau cun quellas. El pren ils ovs ord la capetscha e va anavos vi en hetta. Quintau vitier 3 ovs, quei dat 131 ovs ella sesiun actuala. Da quels ein 14 i empaglia: 3 ein curdai ord gagliner, 11 ein i empaglia sin via dil gagliner en hetta, da quels ein 2 ruts el sac dallas caultschas dil purtger. Buca quintau en ils ovs ch'ein vegni mess ordeifer dil gagliner e che schaian matei aunc adina leu.

Zusenn neben der Hinkenden stehen, fährt ihr mit der Hand übers Kreuz und geht aus dem Stall.

Die Touristen fahren vor auf der Naturstrasse und halten vor dem Kuhhirten mit gepflückten Alpenrosen in der Hand an. Die Touristen lassen den Motor weiterlaufen und wollen dem Kuhhirten den Alpenrosenstrauss abkaufen. Der Kuhhirt schweift mit seinem Blick über die blühenden Alpenrosenhänge am Strassenrand zurück zu den Touristen mit Hüten und Sonnenbrillen im Auto.

Hol die Eier runter, sagt der Senn zum Schweinehirten, der mit dem Schlauch im Schweinestall steht. Er steigt die Leiter hoch zum Hühnerstall, der über dem Schweinestall hängt. Er drängt die Hühner auf ihren Eiern zur Seite und legt die Eier in seine Kappe. Drei lausige Eier, sagt der Senn, damit die den ganzen Tag nur fressen und vögeln habe er die dann nicht mitgeschleppt. Er nimmt die Eier aus der Kappe und läuft durch den Stall zurück zur Hütte. 3 Eier dazugerechnet, das macht 131 Eier in der laufenden Saison. 14 davon sind kaputtgegangen: 3 sind aus dem Hühnerstall gefallen, 11 sind auf dem Weg vom Hühnerstall in die Hütte kaputtgegangen, von denen 2 in der Hosentasche des Schweinehirten zerbrochen sind. Nicht eingerechnet sind die Eier, die ausserhalb des Hühnerstalles gelegt worden sind und noch da liegen.

Il paster sesa ella tschaghera sin in crap sper las palius e taglia entuorn vid siu fest. El auda las bransinas dallas vaccas e vesa buca cua en quella suppa. Sper el sesa il grisch. Il clepper ei scappaus, lez vul el tuttina buca oz. Senza ruaus sesa il vegliander sper el, tgula denteren e catscha il nas al paster ella foppa dil bratsch. Il paster stauscha naven el ed il vegliuord aulza puspei il tgau e gezza las ureglias. Il paster streha buca il grisch, el tucca buca en el. Schiglioc fas ti mo da valer nuot, ni, di il paster si pil grisch, strehel lu schon puspei tei, cu ti has dumignau la muaglia ord quella tschaghera dil huz.

Il paster sfundra culla stivla ella paliu. La stivla s'empleina cun aua. Il paster tila la comba ord la paliu e la stivla stat steca. El stat sin ina comba culla socca che daghira vid il pei e tila la stivla ord la paliu. Il paster svida l'aua ord la stivla. Co fuss ei da sfundrar ella paliu. Tochen schanugl. Tochen la tschenta. Tochen culiez e diltut.

Il paster va sur la pastira vi cul fest enta maun. Il grisch trotta ordavon. La socca bletscha ella stivla tuna cun mintga pass pir ch'el mass tras neiv bletscha.

Der Kuhhirt hockt auf einem Stein an der sumpfigen Weide im Nebel und schnitzt an seinem Stock. Er hört die Kuhglocken und sieht keinen Kuhschwanz in dieser Suppe. Neben dem Kuhhirten sitzt der alte Graue. Der Lappi ist ihm ab, den will er heute sowieso nicht haben. Ungeduldig sitzt der Graue neben ihm, winselt hin und wieder und steckt die Nase dem Kuhhirten in die Achselhöhle, dass der Kuhhirt ihn von sich wegrückt und der Graue den Kopf wieder aufrichtet und die Ohren spitzt. Der Kuhhirt streichelt den alten nicht, er kratzt ihm nicht über die Brust, krault ihn nicht am Hinterkopf. Sonst verlierst du den Biss und folgst nicht mehr, gell, sagt der Kuhhirt zum Grauen, streichle dich dann schon, wenn du die Herde aus diesem Drecksnebel rausgeholt hast.

Der Kuhhirt versinkt mit dem Stiefel im Sumpf. Der Stiefel füllt sich mit Wasser. Der Kuhhirt zieht das Bein aus dem Sumpf und der Stiefel bleibt stecken. Er steht auf einem Bein mit dem tropfenden Socken am Fuss und zieht den Stiefel aus dem Sumpfloch. Der Kuhhirt leert das Wasser aus dem Stiefel. Wie wäre es, im Sumpf zu versinken. Bis zu den Knien. Bis zur Hüfte. Bis zum Hals und ganz.

Der Kuhhirt läuft über die Wiese mit dem Stock in der Hand. Der Graue läuft voraus. Der nasse Socken im Stiefel tönt bei jedem Schritt, als würde er durch Nassschnee laufen.

La vacca dil Giosch mira tschèc.

Il tschäncli ner schai davos stalla spel zezen sigl uvier-chel dalla güllacasta. Il zezen legia en siu cudisch: Da vegl enneu ein ils Romontschs i bia egl jester. Enqualin per plascher, ils biars per necessitad. A casa tunscheva ei buca per tuts. E mo inaparts anflavan existenza sut in auter tetg dil vitg patern ni schiglioc zanua enteifer ils cunfins dalla pintga patria romon-tscha. Il zezen smacca ora sia Select e lai curdar ella denter las fessas giu ella güllacasta.

Ils prospects dall'uniun da traffic pendan vid la preit dalla hetta ed en stiva. Il Sez Ner ei enamiez la Sursel-va. Mudests ell'altezia, ha el tut quei che fa ord in péz in péz. Las bleissas, las teissas, las spundas suleglivas, las spundas umbrivaunas, las cantas, il péz, igl um da crap, la crusch. Vi davos las preitscrap per sestur-nir. El stat leu senza pretensiuns, vertescha il cunfar entuorn el, fa frunt allas lunas dall'aura, tschinclaus da socis pussonts cun nums tementonts ch'ein pli datier al tschiel ch'el sez. Davon sils prospects ei il signun sin pupi hochglanz davon il clauder da pors. El sepusa cun in maun encunter la huba da siu Justy grisch. Tschei maun tegn el a calun e las combas ha el cruschau. Davostier treis naspiertg e sin in palseiv in quac davon la bercculissa. Sul maletg cun bustabs gross: Einzigartiges Naturerlebnis auf der Alp.

Die Kuh vom Giosch hat einen Silberblick.

Der Schafsbock mit Gipsverbänden liegt neben dem Zusenn hinter dem Stall auf der Holzabdeckung vom Güllenkasten. Der Zusenn liest in seinem Buch: Seit je sind die Rätoromanen oft in die Fremde gegangen. Einige aus Freude, andere aus Notwendigkeit. Zuhause genügte es nicht für alle. Und nur ein Teil fand Existenz unter einem anderen Dach im Heimatdorf oder sonst irgendwo innerhalb der Grenzen der kleinen romanischen Heimat. Der Zusenn drückt seine Select aus, lässt sie durch die Spalten fallen in den Güllenkasten.

Die Prospekte vom Verkehrsverein hängen an der Hüttenwand und in der Stube. Der Sez Ner ist die Mitte der Surselva. Bescheiden in der Höhe, hat er alles, was einen Berg zu einem Berg macht. Die Steilhänge, die Schattenseiten, die Kanten, den Spitz, den Steinmann, das Kreuz. Auf der Rückseite die Felswand, um in den Tod zu stürzen. Anspruchslos steht er da, duldet das Treiben um ihn herum, trotzt den Wetterlaunen, umringt von mächtigen Genossen mit ehrfürchtigen Namen, die dem Himmel näher stehen. Vorne auf den Prospekten vom Verkehrsverein steht der Senn auf Hochglanzpapier vor dem Schweinegehege mit einer Hand an seinem Justy 4WD abgestützt. Die andere Hand hat er in die Hüfte gestützt, und die Beine hat er überkreuzt. Im Hintergrund drei Schweinenasen und eine Dohle auf dem

Il zezen streha melcfett sillas survintscheglias.

Il tschaler da caschiel s'empleina. Pli ditg che la stad cuoza, pli bia caschiel che schai en tschaler da caschiel, e pli gross ch'il signun vegn. Ils fumegls sesan la sera denter clar e stgir davos stalla e fan quitaus ch'il signun ha priu tier. Il paster di, sche quei va vinavon aschia, stuein nus baghegiar entuorn il Justy dil signun. El dat al purtger la Rössli ch'el ha brattau culs purs per pischada d'alp. Il meglier fuss, sche nus prendessen ora il sez davon dil Justy per ch'il signun sappi seser sil sez davos per ir cun siu auto. Il purtger dat il tgau e tila vid la stumpa.

La pastreglia ha en resti che croda buca si. Quei cheu ei buca in spitachel, di il signun. Ils tiers peglian tema sche la pastreglia ha en resti pir ch'ei massen ad ina fiasta d'affons.

Il paster dall'alp vischina vegn cun tgaun dalla via viadora. Ins enconuscha el gia dalunsch vid siu pass malsegir, el ha si ina capetscha da launa clara ed ha in parisol ner. Siu tgaun ha palegna liunga e combas cuortas per in tgaun dad alp. In fest ha il paster buca,

66

Zaunpfahl vor der Bergkulisse mit strahlendblauem Himmel. Über dem Bild in dicken Buchstaben: Einzigartiges Naturerlebnis auf der Alp.

Der Zusenn streicht sich Melkfett auf die Augenbrauen.

Der Käsekeller füllt sich. Je länger der Sommer dauert, je mehr Käse im Käsekeller liegt, umso dicker wird der Senn. Die Hirten sitzen in der Abenddämmerung hinter dem Stall und sind besorgt, dass der Senn zugenommen hat. Der Kuhhirt sagt, wenn das so weitergeht, müssen wir den Justy vom Senn umbauen. Er reicht dem Schweinehirten den Rössli-Stumpen, den er von den Bauern um Alpbutter eingetauscht hat. Am besten würden sie den Vordersitz rausnehmen, damit der Senn dann vom Rücksitz aus seinen Justy fahren könne. Der Schweinehirt nickt und zieht am Stumpen.

Die Älpler tragen unauffällige Kleider. Das ist kein Spektakel hier, sagt der Senn. Die Tiere schrecken auf, wenn die Älpler daherkommen, als gingen sie auf ein Kinderfest.

Der Hirt der Nachbarsalp kommt die Strasse entlang mit Hund. Man erkennt ihn schon von weitem an seinem unsicheren Gang, er trägt eine helle Wollkappe und einen schwarzen Schirm. Sein Hund hat lange Fellhaare und zu kurze Beine für einen Alphund.

persuenter siu parisol ner. Quel runa el cun el sillas pastiras, quel pren el cun el en hetta. Tgei ch'el vegli, damonda il signun. Hast du Lab, der Chef schickt mich, di il paster e tschappa per sia capetscha da launa tschuffa. Il signun scrola il tgau. El drovi buca bia, di il paster, mo per dus dis. Il signun scrola il tgau. Gnanc in rest. Na.

Il Pieder vegl raquenta la dumengia, siu aug seigi emigraus ils onns trenta ell'America. El tegn la capiala enta maun che sia glaza tarlischa el sulegl. Suenter trentasis onns e miez seigi el turnaus anavos ella patria da miez unviern. Prer e socis e compani hagien lu era saviu far nuot pli, siu aug seigi turnaus envi la stad sissu, orvuar, per adina. Seigi morts il medem di sco sia vacca naschida.

Il signun vegn ord clavau e sul plaz neu culla sigir gronda. Davos el il paster, el rocla ina buora sul plaz vi tochen vi spel begl vi e tschenta si quella sper las gaglinas che peclan si il graun ed ils rests dil solver. Cun in segl tschappa il paster la gaglina ch'il signun ha detg e tegn la gaglina per las combas. Sdermeina la huora en rudi, di il signun, pli fetg. Neu, dai tscheu, quella portga. Il signun sdermeina la gaglina nera en rudi tochen che la gaglina sa buca pli tgei ch'ei su e sut, stenda il tgau ed arva il bec. Sola, di il signun si pil paster che dat neu ad el la sigir gizzada, fertic lustic. Il paster fa in pass anavos. Il signun metta la

Einen Stock hat der Hirt nicht, dafür seinen Schirm. Den schleppt er mit auf die Weide, den nimmt er mit in die Hütte. Was er wolle, fragt der Senn. Hast du Lab, der Chef schickt mich, sagt der Hirt und greift sich mit der Hand an die dreckige Wollkappe. Der Senn schüttelt den Kopf. Er brauche nicht viel, sagt der Hirt, für zwei Tage. Der Senn schüttelt den Kopf. Nicht mal einen Resten. Nein.

Der alte Pieder erzählt am Sonntag, sein Onkel sei in den Dreissigern nach Amerika ausgewandert. Er hält den Hut in der Hand, dass seine Glatze in der Sonne glänzt. Nach sechsunddreissigeinhalb Jahren sei er mitten im Winter zurückgekehrt. Gottesgewalt habe dann aber auch nichts genützt, im Sommer darauf sei er wieder verschwunden, au revoir, für immer. Sei am gleichen Tag gestorben wie seine Kuh geboren.

Der Senn kommt aus dem Heustall über den Platz mit der grossen Axt. Hinter ihm der Kuhhirt, der einen Holzklotz rollt und auf dem Platz neben dem Brunnen aufstellt, wo die Hühner im Dreck das Korn aufpicken und die Resten vom Morgenessen. Mit einem Satz packt der Kuhhirte das Huhn, das der Senn bestimmt hat, und hält es an den Beinen fest. Halt es an den Beinen fest und schwing es im Kreis, sagt der Senn, schneller. Komm, gib her, das nutzlose Ding. Der Senn schleudert das Huhn im Kreis, bis das schwarze Huhn den Schnabel offen hält und den Kopf nach vorne streckt. Sola, sagt er zum Kuhhir-

gaglina cul tgau bi amiez silla buora, tschellas ga-
glinas ed il tgiet ein daditg svanidas, tegn la sigir cun
bratsch stendiu cnap sul culiez dalla gaglina, smacca
giu in egl, sco sch'el laghegiass, tegn in mumenet
mureri, muenta la sigir cul bratsch stendiu ensi to-
chen sur siu tgau. Il paster fa aunc in pass anavos. Il
tagl dalla sigir glischa el sulegl, la creatira d'alp dat
in mucs muot, il signun muenta las levzas. Zac.

Il purtger dat colur alla corna. El va tras stalla cun
sadiala e pensel. Ils tacs da colur taccan sil plantschiu
dapertut anavon tras l'entira stalla. El dat colur als
corns seniasters. La colur tacca vida ses mauns. Las
vaccas ella part sut dalla stalla survegnan in tgiern
mellen. Las vaccas ella part amiez dalla stalla surve-
gnan in tgiern blau e las vaccas ella part su dalla stalla
in tgiern tgietschen. Uorden sto esser.

Las vaccas seigien ruttas en en siu cuolm ed hagien
magliau ora gl'entir cuolm. El gesticulescha cun sia
canna, vus vegnis aunc a star mal, di igl Alig culla
comba scursanida e muossa cul péz da sia canna sil
venter blut dil signun che schai sin ina cozza davon
il clauder da pors el sulegl. Il signun stat sin peis e
pusa ils mauns a calun. Igl Alig varga si il signun per
ina sadiala.

ten, der ihm die geschliffene Axt hinhält und einen Schritt zurück macht, fertig lustig. Der Senn setzt das Huhn mit dem gestreckten Hals auf den Holzklotz, die anderen Hühner haben sich längst hinter den Stall verzogen, hält die Axt mit gestrecktem Arm über den Hals des Huhnes, hält einen Moment ganz still, macht das linke Auge zu, als würde er zielen, bewegt die Axt mit gestrecktem Arm im Bogen bis über seinen Kopf. Der Kuhhirt macht noch einen Schritt zurück. Die Axtschneide blitzt in der Sonne auf, das Alpwesen gibt einen stumpfen Laut von sich, der Senn verzieht sein Gesicht. Zac.

Der Schweinehirt malt die Kuhhörner an. Er läuft durch den Stall mit Eimer und Pinsel. Die Farbflecken ziehen sich durch den ganzen Stall. Er malt die rechten Hörner an. Die Kühe im unteren Stallteil bekommen ein gelbes Horn. Die Kühe in der Stallmitte bekommen ein blaues Horn und die Kühe im oberen Stallteil ein rotes. Ordnung muss sein.

Die Kühe seien in sein Maiensäss eingebrochen und hätten das halbe Maiensäss niedergefressen. Er fuchtelt mit seinem Gehstock, das werdet ihr noch bereuen, sagt der Alig mit verkürztem Bein und zeigt mit der Spitze auf den käsbleichen Bauch vom Senn, der in der Sonne vor dem Schweinegehege auf einer Decke liegt. Der Senn steht auf und stützt die Hände

Il veterinari ligia si il scussal verd. El tila en ils vons da plastic e di si pil zezen, el dueigi dumignar en pei quella stauncla spusa. Il zezen petga culla stivla encunter il calun e cul maun plat giuaden sil dies ch'ei tuna denter stalla e hetta. La zoppa stat buca si. Il zezen tschappa sia cua e storscha quella sco da far en in nuv, duront ch'il purtger tschappa la vacca cun det polisch e det mussader el nas schetg.

Il taur ei davos stalla sil prau da fein buca lunsch naven dalla portaclavau. Il purtger sto ir sin clavau. Sin clavau ein ils sacs culla puorla pils pors. Il purtger reiva silla seiv da lenn. Cu el seglia giu da l'autra vart semeina il taur. Cu il purtger entscheiva a cuorer, entscheiva il taur a cuorer.

Sch'il signun vegn silla pastira, cuora il tgaun vegl vi tier el. Il signun seposta sin in crest e schula il tgaun inaga sutora, inaga surora, tochen ch'el ha las vaccas nua ch'el vul. In paster senza tgaun ei mo in miez paster, tratga il paster. Has viu, di il signun al paster, senza tgaun valas ti quasi ton sco in purtger. El streha al tgaun sur il nas giu, semeina e svanescha. Il paster tegn anavos il tgaun vid il cularin.

in seine Hüfte. Der Alig überragt den Senn um einen Eimer.

Der Tierarzt bindet sich die grüne Schürze um. Er zieht die Plastikhandschuhe an und sagt zum Zusenn, er solle die lahme Braut auf die Beine bringen. Der Zusenn klopft mit dem Stiefel gegen die Hüfte und mit der flachen Hand auf den Rücken, dass es zwischen Stall und Hütte hallt. Die Hinkende bleibt liegen. Der Zusenn packt ihren Schwanz und biegt ihn zusammen, als müsste er einen Knoten machen, während der Schweinehirt die Kuh mit Daumen und Zeigefinger in der trockenen Nase packt.

Der Stier steht hinter dem Stall vor dem Eingang zum Heustall auf der Heuweide. Der Schweinehirt muss in den Heustall. Dort stehen die Säcke mit dem Pulver für die Schweine. Er klettert auf den Holzzaun. Als er auf der anderen Seite abspringt, dreht sich der Stier zu ihm. Als der Schweinehirt losspringt, springt der Stier los.

Kommt der Senn auf die Weide, rennt der alte Graue zu ihm rüber. Der Senn stellt sich auf einen Vorsprung und pfeift den Hund mal unten durch, mal links durch, bis die Kühe dort stehen, wo er sie haben will. Ein Kuhhirt ohne Hund ist nur ein halber Kuhhirt, denkt sich der Kuhhirt. Hast du gesehen, sagt der Senn zum Kuhhirten, ohne Hund bist du gerade mal so viel wert wie ein Schweinehirt. Er streichelt

Il purtger ei en clavau davos la porta serrada cun duas sadialas pleinas cun puorla pils pors e cun in taur davon porta. Il sulegl sesforza tras las fessas dalla portaclavau.

Il clepper fufrogna tard il suentermiezdi vid las plemas neras che schaian davon hetta spel plaz ella buglia, duront che las vaccas ein en stalla vid las cadeinas culs ivers scuflai e letgan ils rests da sal ord pursepen.

En hetta porta il signun ils macaruns cun caschiel en stiva. Il zezen sesa cun siu cudisch davos meisa sut la platiala nera cun battagl gries. Ti daventas in di aunc in portaschubas, sche ti legias memia bia da quels orapronobis, di il signun. Il paster vegn da scala giu culla nova Chianti pil signun. Aber cun tes otg dets damognas ti tuttina buca ei tochen si tiel faffacäpli, di il signun e va ord stiva. Il purtger vegn da scala giu, penda sia capetscha vid la cornatscharva sper la porta e pren il paun ord scaffa. Il signun porta la gaglina cotga en stiva e tschenta ella amiez la meisa, soli.

dem Hund über die Schnauze, wendet sich ab und geht. Der Kuhhirt hält den Hund am Halsband fest.

Der Schweinehirt steht hinter verschlossener Türe im Heustall mit zwei gefüllten Eimern Schweinepulver und einem Stier vor der Stalltüre. Die Sonne scheint durch die Ritzen der Heustalltüre.

Der Lappi schnuppert an den schwarzen Federn unterhalb des Platzes, während die Kühe im Stall sind mit gefüllten Eutern am späten Nachmittag und den Rest Salz vom Vortag aus dem Futtertrog lecken.

In der Hütte trägt der Senn die mit geriebenem Käse überdeckten Maccaroni in die Stube. Der Zusenn sitzt mit seinem Buch unter der Kuhglocke mit schwerem Glockenklöppel. Du wirst noch ein Kuttenträger, wenn du zu viel dieser Orapronobis liest, sagt der Senn. Der Kuhhirt kommt die Treppe runter mit dem neuen Chianti für den Senn. Aber mit deinen acht Fingern würdest du es sowieso nicht zum Faffacäpli schaffen, sagt der Senn und geht aus der Stube. Der Schweinehirt kommt die Treppe hinunter, hängt seine Kappe an das Hirschgeweih neben der Türe und holt das Brot aus dem Schrank. Der Senn trägt das gekochte Huhn in die Stube und stellt es mitten auf den Tisch, soli.

Il Gieri sfracca bunamein la comba. El schai en venter en tschaler da lavar giu cun ina comba el schach. Il zezen haveva priu naven igl uvierchel dil schach perquei che l'aua targeva buca pli giu. El leva alzar ora l'aua culla sadiala da plech. Il Gieri porta il nas memia ault, el vesa buca il plantschiu sut ils peis.

Il signun ei en tschaler da caschiel e dumbra las magnuccas. Il zezen ei davos el, pren las aissas cullas magnuccas giud cruna e fruscha en las magnuccas cun sal e scotga. Il signun mira tier, ils mauns a calun ed en bucca in Bazoca. Las magnuccas el bogn da sal stos era aunc prender ora, di el. Il zezen dat buca risposta e fruscha vinavon. Il signun va ord tschaler da caschiel e vegn lu puspei anen.

Il Fazandin vegn ord igl uaul. El porta sia pala silla schuiala. El tschalprogna suenter la seiv siadora viers il Sez Ner. Sin tgau ha el in capi plein puorla. Ses egls grischs miran sut la capiala ora ed el fruscha sut il nas vi. Denteren stat el eri, stat giu en schanuglias, seruschna per la pastira entuorn, scarpa ora pastgets, mira puspei si, fruscha sut il nas vi, tschappa sia pala che schai sper el el pastg, stat sin peis e va vinavon ensi. Fazandin, Fazandin, ti nas fin, conta el, scarpa ora pastgets, tschalprogna vinavon siadora, la pala silla schuiala. Sia siluetta sblihescha ella brentina spessa e stezza dil tuttafatg.

Der Gieri bricht sich fast das Bein. Er liegt im Waschkeller auf dem Bauch mit dem Bein im Schacht. Weil das Wasser nicht abzieht, hat der Zusenn den Schachtdeckel im Waschkeller weggenommen, um das Wasser mit dem Blecheimer aus dem Schacht zu schöpfen. Der Gieri trägt die Nase zu hoch, er sieht den Boden unter den Füssen nicht.

Der Senn steht im kühlen Käsekeller und zählt die Käselaibe. Der Zusenn steht hinter ihm, nimmt die Bretter mit dem Käse aus der Einfassung und schmiert den Käse mit Salz und Schotte ein. Der Senn schaut zu, die Hände in der Hüfte und im Mund einen Bazooka. Die Käselaibe im Salzbad musst du auch noch rausnehmen, sagt er. Der Zusenn gibt keine Antwort. Der Senn geht raus. Er kommt in Abständen wieder rein.

Der Fazandin kommt aus dem Wald. Seine Schaufel trägt er auf der Schulter. Er läuft dem Grenzzaun entlang hinauf Richtung Sez Ner. Auf dem Kopf hat er einen verstaubten Hut. Die grauen Augen schauen unter seinem Hut hervor, und er reibt sich an der Nase. Zwischendrin bleibt er stehen, kniet auf der Wiese, kriecht auf der Wiese herum, rupft Gräser von der Weide, schaut wieder auf, reibt sich die Nase, packt seine Schaufel, die im Gras neben ihm liegt, steht auf und läuft weiter hinauf. Fazandin, Fazandin, ti nas fin, singt er, reisst Gräser aus, läuft weiter

La zoppa po buca pli star sin peis. Ella schai mo pli entuorn davon stalla. Ella ha priu giu, las costas semuossan silla pialvacca. Il veterinari di, cheu gida nuot pli. Siu fegl runa suenter ad el la cofra sper il signun vi el Jeep. Il Jeep va suenter al Justy sur la via naturala ora e svanescha ella nebla.

Il vent fila sur l'alp vi tras la stgirenta notg. Da l'autra vart dalla vallada fan ils fiugs retscha sils aults. Denter ils fiugs sul cunfin digl uaul in fiug ch'ei bia pli gronds che tschels fiugs. Quei ei l'Alp da Rueun, di il signun e tschaghegna puspei el roschpieghel. Las flommas sestendan lunsch siaden ella notg, rumpan ora el vent, la hetta brischa. Egl uaul sut la hetta dall'Alp da Rueun glischs mettas che reivan dil cuolm siadora. Tochen ch'ils emprems autos contonschan il cunfin digl uaul, ein las flommas dall'Alp da Rueun staunclas.

L'ungla dil polisch dil pei smacca. Il purtger haveva tratg en las stivlas verdas enstagl dallas neras ed ina vacca ha smaccau ad el il pei. L'ungla smacca sco sch'il detpei fuss serraus en ina murdetscha. L'ungla secolurescha violet. Il purtger fora cul péz da siu cunti da sac tras l'ungla violetta. El smacca il liquid sut l'ungla tras la ruosna ell'ungla ch'el ha fatg cul cunti

hinauf, die Schaufel auf der Schulter. Seine Silhouette verblasst im dichten Nebel und verschwindet ganz.

Die Hinkende mag nicht stehen. Sie liegt nur noch vor dem Stall. Sie hat abgemagert, ihre Rippen zeichnen sich auf der Kuhhaut ab. Der Tierarzt sagt, da hilft nichts mehr. Sein Sohn schleppt ihm den Koffer nach am Senn vorbei in den Geländewagen. Der Geländewagen fährt dem Justy nach über die Naturstrasse durch den Nebel.

Der Wind fegt über die Alp. Auf der anderen Talseite reiht sich in dunkler Nacht ein Höhenfeuer an das andere auf den Bergbäuchen oberhalb der Waldgrenze. Dazwischen ein Feuer, das um ein Vielfaches grösser ist als die anderen Höhenfeuer. Das ist die Alp Rueun, sagt der Senn und schaut wieder in sein Fernglas. Die Flammen steigen hoch, schlagen im Wind aus, die Hütte brennt. Im Wald unterhalb der Hütte der Alp Rueun klettern Lichter den Berg hoch. Bis die ersten Lichter die Waldgrenze erreichen, sind die Flammen der Alp Rueun ermüdet.

Der Nagel des grossen Zehs drückt. Der Schweinehirt hat die falschen Stiefel angezogen und eine Kuh ist draufgestanden. Der Nagel drückt, als wäre der Zeh in einer Schraubzwinge eingeklemmt. Der Nagel verfärbt sich violett. Der Schweinehirt bohrt die Spitze seines Sackmessers durch den violetten Nagel. Er drückt die Flüssigkeit unter dem Nagel durch das

da sac. La pressiun lai suenter. Entginas notgs pli tard dat l'ungla dil detpei giu.

Il Georg penda la bransina sur la schuiala giu e seposta cun sia arma davon la zoppa. El streha ad ella davos la corna e sul nas giu, smacca l'arma alla zoppa encunter il frunt e pamf. La zoppa dat ensemen. Il purtger stat davos la seiv da lenn. El ha en bucca in gust da stuors.

Ils usflüglers cun prospects hochglanz stattan entuorn la caldera spel guid da turists che tegn enta maun ina bandiera cotschna cun crusch alva. Il signun culla sgarmera daguttonta enta maun fa beinvegni e commentescha. Las cameras camegian ed il guid da turists dat il tgau, sco sch'el savess gia tut quei ed aunc bia dapli. Il spess tschuppel hosps smarveglia dalla demonstraziun sco sch'ei savessen buca che lur sacados ordadora sut finiastra vegnan sblundergiai dils fumegls.

Il taur sburfla e va si. La vacca muenta il tgil silla vart ch'il taur ruschna giud la vacca e tila puspei en sia carotta daguttonta. Aschi spert ch'il taur vegn memia datier, fa la vacca dus pass. La vacca vegn ligiada vid la seiv da lenn davos hetta. Il taur va puspei si e fiera da quei malinschigneivel sias combas davon sco pals-

kleine Loch, das er mit dem Sackmesser gemacht hat. Der Druck lässt nach. Ein paar Nächte später löst sich der Nagel vom Zeh.

Der Georg mit der Kuhglocke über die Schulter gehängt lädt seine Waffe und stellt sich vor die Hinkende hin. Er streichelt sie zwischen den Hörnern, drückt die Waffe der Hinkenden an die Stirn und pamf. Die Hinkende sinkt in sich zusammen. Der Schweinehirt steht hinter dem Holzzaun. Im Mund hat er einen blechernen Geschmack.

Die Ausflügler stehen mit Prospekten in Hochglanzpapier um den Käsekessel neben dem Touristenführer vom Verkehrsverein, der eine rote Fahne mit weissem Kreuz in der Hand hält. Der Senn mit der tropfenden Rahmkelle in der Rechten begrüsst und kommentiert. Die Kameras blitzen auf und der Touristenführer nickt, als wisse er das alles schon und noch vieles mehr. Die dicht gedrängte Gästeschar staunt über die Demonstration, als wüsste sie nicht, dass draussen unter den dampfbeschlagenen Fensterscheiben ihre Rucksäcke von den Hirten geplündert werden.

Der Stier brüllt und steigt hoch. Die Kuh bewegt ihr Hinterteil auf die Seite, dass der Stier von der Kuh runterrutscht und seine tropfende Karotte wieder einfährt. Sobald der Stier zu nahe kommt, macht die Kuh zwei Schritte. Die Kuh wird angebunden hinter der Hütte am Holzzaun. Der Stier steigt nochmals

seiv sur il dies dalla vacca en. La vacca fa dies gob sco sche siu crüst sfraccass prest ensemen sut il buordi. Il taur stauscha duas gadas cuort e stagn, stenda leutier ora la lieunga e volva ils egls.

Il Köbi stenda vi al signun, per engraziar pil caschiel, il maun e stenda ora la lieunga si pil tgaun. Il tgaun seglia si e morda al Köbi el det mussader. La Rössli croda per tiara. Il Köbi grescha e lai dar il caschiel per tiara. El dat ina cul calzer viers il tgaun. Il Köbi pren si in crap, huora clepper, e tucca la sadiala da plech barschada ora che schai giu davos il begl denter las restonzas per las gaglinas.

Buobs, grescha il signun. Ils fumegls schaian sil tetg dalla hetta. Propi cumadeivel eis ei buca. Ils crutschs da plastic smaccan el dies. Il tetg dalla hetta ei in bien liug. Il signun vegn buca sill'idea dad encurir els sil tetg dalla hetta. Ed ils crutschs da plastic san ins prender naven. Quei ei negin striegn.

Il Clemens, quella trumbetta veglia, seigi s'inamuraus. El sguschi mo pli pils bauns ell'ustria entuorn e tscha- ghegni alla cameriera sils ventrels. Da quei survegnas mal il venter, hai jeu detg si pil Clemens, di il Gieri. Mal il venter hagi el giu ina suletta gada e quei avon

hoch und wirft seine Vorderbeine wie Zaunpfähle über den Kuhrücken. Die Kuh macht den Rücken hohl, als würde ihr Gerippe fast unter der Last zusammenbrechen. Der Stier stösst kurz und kräftig zu, streckt dabei die Zunge raus und verdreht die Augen.

Der Köbi streckt dem Senn, um sich für den Käse zu bedanken, die Hand hin und dem Hund die Zunge raus. Der Lappi springt auf und beisst dem Köbi in den Zeigefinger. Die Rössli fällt auf den Boden. Der Köbi schreit auf und lässt den Käse fallen. Er schlägt mit dem Bergschuh nach dem Hund. Der Köbi hebt einen Stein auf, huara clepper, und trifft den ausgebrannten Blecheimer, der zwischen den Futterresten für die Hühner hinter dem Brunnen liegt.

Buobs, schreit der Senn. Die Hirten liegen auf dem Hüttendach. Wirklich bequem ist es nicht. Die kleinen Plastikhaken drücken in den Rücken. Das Hüttendach ist ein guter Ort. Der Senn kommt nicht auf die Idee, sie auf dem Hüttendach zu suchen. Und die Plastikhaken können sie wegnehmen. Das ist keine Zauberei.

Der Clemens, die alte Trompete, habe sich verliebt. Er hänge nur noch in der Beiz herum und starre der Wirtin auf die Unterschenkel. Davon bekommst du Bauchschmerzen, habe ich den Clemens gewarnt, sagt der Gieri. Bauchschmerzen habe er ein einziges Mal

onns, hagi il Clemens detg, lu hagi el magliau giuad-
en siat schnecs da Medel vivs e derschentau giu cun
treis Ave Maria. Dapi lu mai pli giu mal il venter.

Giusut la hetta el verd schai il taur davon la berc-
culissa. Vus meis cul taur anavos sill'Alp Prada, di
il signun als fumegls. Il taur cuora dalla via viaden
che setila tec a tec entuorn il venter dil cuolm. Tier
l'Alp Prada finescha la via. Naven da leu meinan ne-
ginas vias pli vinavon viaden tier l'Alp Naul. Naven
dall'Alp Naul entscheiva ina nova via e meina vinavon
viaden entuorn il venter dil cuolm, siara pli e pli la
val, tochen tier l'Alp Nova. Cull'Alp Nova ei la siala
contonschida e sigl ault sesarva la Val Lumnezia.

Il zezen schai el mescal muosch giu Stavonas Sut sut
in pégn cun siu cudisch ed ina brava cigara cubana.
Las mustgas catschan entuorn siu tgau quei suenter-
miezdi quiet da stad. El cudisch stat scret: Il clom
da scursanir il temps da lavur sefa udir dapi onns ed
onns. Gleiti la mesadad dils luvrers lavuran buca pli
la sonda. Tgei fa quella glieud en quei temps liber? In
pur: Ei sesan ell'ustria la sera suenter la lavur cu il pur
sto aunc luvrar uras ed uras. Ei sesan ell'ustria l'entira
sonda e dumengia. Ei sesan e fan politica d'alcohol e
dattan schliet exempel als purs. Quels che fan oz aunc
il pur ein restai buns e serius carstgauns. Quels ch'ein
luvrers ed emploiai ein canaglia.

84

gehabt vor Jahren, dann habe er sieben Schnecken lebendig gefressen und mit drei Ave Maria gespült. Seitdem nie mehr Bauchschmerzen gehabt.

Unterhalb der Hütte vor der Bergkulisse liegt der Stier im Gras. Ihr bringt den Stier zurück auf die Alp Prada, sagt der Senn zu den Hirten. Der Stier rennt die Strasse entlang, die sich allmählich um den Bergbauch zieht. Bei der Alp Prada endet die Strasse. Von dort aus führt keine richtige Strasse mehr um den Berg zur Alp Naul. Von der Alp Naul führt eine neue Strasse weiter um den Bergbauch, der das Tal stetig zumacht, zur Alp Nova. Bei der Alp Nova ist die Talenge erreicht, und auf der Anhöhe öffnet sich die Val Lumnezia.

Der Zusenn liegt am Waldrand in Stavonas Sut unter einer Rottanne im nassen Moos mit seinem Buch in der Hand und zieht an einem Stumpen. Die Fliegen jagen um seinen Kopf im windstillen Sommernachmittag. Im Buch steht: Der Ruf nach Kürzung der Arbeitszeit schafft sich seit Jahren Gehör. Bald die Hälfte der Arbeiter arbeitet nicht mehr samstags. Was machen diese Leute in ihrer Freizeit? Ein Bauer: Sie sitzen im Restaurant den ganzen Samstag, wenn der Bauer noch arbeiten muss, und den ganzen Sonntag. Sie machen Alkoholpolitik und geben schlechte Beispiele für die Bauern ab. Die, die heute noch Bauern sind, sind gute Leute. Arbeiter und Angestellte sind ein Lumpenpack.

Entuorn la cantunada dalla hetta vegn in um cun mauns gronds. El damonda suenter il signun. Lez seigi gest ius, ed il zezen, lez seigi buca dentuorn. El spetga, va vi tochen davon il clauder da pors davon la culissa muntagnarda, vegn suenter in amen ana-vos tier la hetta. Cura ch'il signun vegni pia, quei cuozi pli ditg, sch'el astgi schigiar il caschiel, na, di il purtger. El seigi numnadamein igl aug dil signun, di igl um culs mauns gronds, ed el schigiassi bugen il caschiel. Il purtger scrola il tgau. Sch'el astgi haver in caffe. Il purtger di, el astgi schar vegnir negin en hetta. Igl um culs mauns gronds che sesa sil baun davon hetta stat sin peis. El stoppi ussa veramein ir, seigi extra vegnius sul Sez Ner neu per schigiar il ca-schiel. Il purtger dat buca suenter.

Davon porta ei il polizist dil vitg. El enqueri il si-gnun. Il zezen di, lez seigi buca dentuorn. Il si-gnun hagi gie sco ins sappi rut culla sgarmera il det mussader ad in turist, dil reminent in politicher da num e pum si dalla Bassa. El stoppi prender si pro-tocol. Il polizist dil vitg va vi tiel clauder dils pors, mira vi silla culissa muntagnarda e dat il tgau. Sch'el seigi schon cheu e sch'el stoppi schon spitgar, sch'el astgi buca grad forsa haver in glas latg ed in tec ca-schiel, damonda el il zezen.

Um die Hüttenecke kommt ein Mann mit grossen Händen. Er fragt nach dem Senn. Der sei gerade losgefahren, und der Zusenn, der sei nicht hier. Er wartet, läuft nach vorne zum Schweinegehege vor die Bergkulisse, kommt nach einer Weile zurück. Wann der Senn denn komme, das dauere länger, ob er den Käse probieren dürfe, nein, sagt der Schweinehirt. Er sei nämlich der Onkel vom Senn, sagt der Mann mit den grossen Händen, und er würde gerne den Käse probieren. Der Schweinehirt schüttelt den Kopf. Ob er einen Kaffee haben dürfe. Der Schweinehirt sagt, er dürfe niemanden in die Hütte lassen. Der Mann steht von der Holzbank mit eingeschnitzter Widmung vor der Hütte auf. Er müsse jetzt wirklich gehen, sei extra über den Sez Ner gelaufen, um den Käse zu probieren. Der Schweinehirt bleibt stur.

Der Dorfpolizist steht vor der Tür und verlangt nach dem Senn. Der Zusenn sagt, der ist nicht hier. Der Senn habe ja bekanntlich einem Touristen, übrigens einem hoch angesehenen Politiker aus dem Unterland, den Zeigefinger mit der Rahmkelle gebrochen. Er müsse Protokoll aufnehmen. Der Dorfpolizist schreitet nach vorn zum Schweinegehege. Er nimmt seinen Hut vom Kopf, blickt auf das Bergpanorama rüber und nickt. Wenn er schon hier sei und wenn er schon warten müsse, ob er nicht ein Glas Milch und ein bisschen Käse haben dürfe, fragt er den Zusenn.

Ils hosps vegnan la sera duront mulscher e portan harass pier sillas schuialas en stiva caulda. Els han cigarettas en bucca e stumpas davos las ureglias, las butteglias da vinars enta maun ed il schnupftubac en sac, han las mongias viultas si ch'ins vesa bratscha sut sco scanatscha e pendan las capialas vid la cornatscharva, sesan giu davos meisa, sco sch'ei vulessen buca schi spert puspei star si, arvan las tschentas, per era seser cumadeivel ed entscheivan tenor usit cul vinars. Els tilan schuebels sur ils mauns gruvis vi e dattan fiug allas grossas stumpas ed ils emprems ein gia tschuberlins e leghers, la buna stiva scaldada e fimentada en, cu il mulscher dalla sera ei a fin e signun e zezen laian scher las maschinas da mulscher sper las vaccas, prendan giu las sutgas da mulscher e vegnan era en stiva. Sitgira sco camels han ei, sco sch'ei fussen vegni a pei da Roma siadora senza paus e ruaus, prendan duas butteglias alla gada ord ils harass, arvan ellas culs dents e spidan ils uviarchels sul plantschiu da lenn vi, fan viva hauruc, petgan las butteglias sin meisa e giuaden cuntut.

Auf den Käselaiben klebt das Emblem. Unter dem Emblem steht das Datum.

Die Besucher kommen in der Abenddämmerung während des Melkens und tragen Bierkisten auf den Schultern in die warme Stube. Sie haben Zigaretten in den Mundwinkeln und Stumpen hinter die Ohren geklemmt, die Schnapsflaschen in den Händen und die Büchsen Schnupftabak in den Hosentaschen, haben die Ärmel hochgelitzt, dass man Unterarme wie Holzscheite sieht, und hängen die Hüte an das Hirschgeweih, setzen sich an den Stubentisch, als würden sie nicht so schnell wieder aufstehen wollen, knöpfen den Gurt auf, um auch wohl zu sitzen, und fangen nach altem Brauch an beim Schnaps. Sie ziehen Streichhölzer über die rauen Handflächen und zünden dicke Stumpen an, und die ersten sind bereits berauscht und fröhlich, die gute Stube eingeheizt und eingequalmt, als das Abendmelken durch ist und Senn und Zusenn die Melkmaschinen neben den Kühen stehen lassen, die Melkstühle losbinden können und auch dazustossen. Durstig wie Kamele sind sie, als seien sie von Rom hierher gelaufen ohne Halt und Rast, holen zwei Flaschen gleichzeitig aus den Kisten, öffnen sie mit den Backenzähnen und spucken die Bierdeckel über den Holzboden, stossen an hauruc, klopfen die Bierflaschen auf den Tisch und setzen sie an.

Ils hosps ein seretratgs, tochen tier in, cu ils fumegls rimnan ensemen la damaun baul duront mulscher las butteglias da pier che schaian sin meisa e sil plan- tschiu, e laian svanir las cuppas da conservas emple- nidas si tochen sum cun stumbels, scuan sut meisa ora ils rests da tubac e la tschendra, e prendan ensemen ils uviarchels da pier ch'ein starni pil plantschiu da lenn entuorn sco muneida d'argien. Il davos hosp dierma aunc sc'in crap en davos meisa cullas caultschas pi- schadas giu tochen dem e runca.

Ils inspecturs ein en tschaler da caschiel cun pupials e tabellas. Els fan cruschs e rudials ellas tabellas. Els sfeglian entuorn. Ils inspecturs taglian ora tocs sco cigarettas ord las magnuccas. Ils stumbels staupan ei anavos ellas magnuccas ch'ins enconuscha buca tgei magnuccas ch'ei han snizzau. Si en combra sut la fi- niastra fan las magnuccas pluna ch'ein rucladas la da- maun sul plantschiu vi. Il signun ei davon esch dil tschaler da caschiel e va malruasseivlamein vi e neu, las survintscheglias tratgas ensemen ed ils mauns si dies, ina benedida mes'ura, pir ch'el havess dad ir en confessiunal. Ils inspecturs dattan schetg il maun al signun, si ghörend vo üs, e van ord hetta.

Denter ils crests si sut il Sez Ner sper la seiv ellas crestastgiet schai il vadi fiers. Il clepper scarpa culs

Die Besucher haben sich verkrochen, bis auf einen, als die Hirten in der Morgendämmerung während des Melkens die Bierflaschen versorgen, die auf Tisch und Boden liegen, und die Konservenbüchsen, bis zum Rand gefüllt mit Stummeln, fortschaffen, die Tabakreste und Asche unter Tisch und Bank wegwischen und die Bierdeckel einsammeln, die wie Silbermünzen über den ganzen Holzboden verstreut liegen. Der letzte Gast sitzt immer noch am Tisch mit vollgepinkelten Hosen und schnarcht.

Die Inspekteure stehen im Käsekeller mit Papieren auf Schreibunterlagen eingeklemmt. Sie fahren mit Kugelschreibern über die Tabellen, machen Kreuze und Kreise. Sie blättern in den Papieren auf der Schreibunterlage. Die Inspektoren stechen den Käse an. Sie schneiden zigarettenförmige Stücke raus. Die Zigarettenstummel stopfen sie zurück in den Käse, dass man nicht erkennen kann, welchen Käse sie angestochen haben. Im Schlafzimmer unter dem Fenster liegen aufgestapelt die Käselaibe, die am Morgen über den Boden gerollt sind. Der Senn steht vor dem Käsekeller und läuft ungeduldig hin und her, die Augenbrauen zusammengezogen, eine geschlagene halbe Stunde lang, als stehe ihm die Osterbeichte bevor. Mit einem trockenen Handschlag verlassen die Inspektoren die Hütte. Sie werden von uns hören.

Zwischen den Hügeln am Grenzzaun unterhalb des Sez Ner in den Alpenrosen liegt das geworfene Kalb.

dents vid l'ureglia dil vadi. El pusa sias toppas sil tgau dil vadi e smacca las greflas ella pial fina dil vadi blut. El scarpa vid l'ureglia, lai dar. El va entuorn il toc miert entuorn, tschappa puspei l'ureglia culs pézs, morda viaden, sgregna, scarpa culs dents davos. El sgregna e scarpa anavos l'ureglia, scarpa finalmein giu l'ureglia e maglia giuaden l'ureglia dil vadi.

Caffe, mo caffe, caffe seigi il meglier ch'ins sappi beiber sil funs. Caffe seigi il meglier encunter la seit. Sch'ei fetschi cauld seigi da beiber cauld. Il rest fetschi mo aunc dapli seit, hagi la tatta adina detg.

En stiva visavi la cornatscharva ei il truchet senza manetscha. Igl ei il secund truchet da sutensi, quel culs dultschergnems. Ils fumegls peglian giu ils dultschergnems, avon ch'ei svaneschan el truchet senza manetscha. Il signun ha sut controlla il truchet, quasi aschi bein sco il tschaler da caschiel. Ils purs san plaunsiu ch'ei han da far ora culs fumegls per la pischada. Davos hetta ella pluna lenna, el cantun sut l'ala tetg, staupan ei viaden la rauba da brat.

Il paster aulza si il vadi miert e lai ruschnar il cadaver giuaden el sac da plastic. El ligia giu il sac da plastic cun in nuv dubel. Cul sac da plastic sur la schuia-

Der Lappi reisst mit den Zähnen am Ohr des Kalbes. Er stützt sich mit den Tatzen auf dem Kopf des Kalbes ab und drückt die Krallen in die Kopfhaut des nackten Viehs. Er reisst am Ohr, lässt los. Er läuft um das leblose Ding herum, packt das Ohr mit den Spitzen, beisst sich fest, knurrt, setzt mit den Hinterzähnen nach. Er knurrt und reisst das Stück nach hinten, reisst es endlich ab und frisst das Ohr des Kalbes.

Kaffee, nur Kaffee. Kaffee sei das beste, was man auf dem Feld trinken könne. Kaffee sei das beste gegen den Durst. In der Hitze müsse man Heisses trinken. Der Rest gebe nur noch mehr Durst, habe die Grossmutter immer gesagt.

In der Stube auf der linken Seite gegenüber vom Hirschgeweih ist die Schublade ohne Griff. Es ist die zweite von unten, die mit den Süssigkeiten. Die Hirten fangen die Süssigkeiten ab, bevor sie in der Schublade landen. Der Senn hat die Schublade unter Kontrolle, fast so gut wie den Käsekeller. Die Bauern wissen allmählich, dass der Weg zur Alpbutter über die Hirten führt. Hinter der Hütte neben der Holzbeige in der Ecke, unter dem Dachflügel, der weit runter reicht, in den Balken, stecken sie die Tauschware rein.

Der Kuhhirt hebt das tote Kalb hoch und lässt den Kadaver in den Plastiksack rutschen. Er schnürt den Sack mit einem Doppelknopf zu. Mit dem Plastiksack

la va il paster dil fil giuadora. Sia siluetta ei stgira ella glisch dalla sera. Il sulegl betta liungas umbrivas dalla vallada giuadora. Ils pézs ein bugnai en mèl.

El vitg ei il Lucas vegnius sut in auto en. Sun grad leds, di il Georg. Il Giachen ei ius sur el ora suenter mesanotg sin viadi dall'ustria a casa. Il Lucas stevi a mesa via davos la curva gronda ella curva pintga sper baselgia. El hagi soviso mo giu teaters cun quei toc asen stinau.

La scala pusa encunter il tetg dalla stalla. Dus scalems mauncan. Sin tetg dalla stalla stat il zezen e peina il tetg, per ch'ei daguoti buca pli en sin ladretsch. Sin suentermiezdi ei la ruosna el tetg stuppada. Il zezen stat sil spitg dil tetg e mira sur la vallada ora. Igl ei in di senza nibels. La pezza sestenda viers tschiel, schuia-la encunter schuiala, marca il cunfin, sco sch'ei havess da l'autra vart da quei imposant cunfin nuot pli.

Cu il clepper stat tuttenina duront mulscher davon hetta, fa il signun liber la tschenta da sia sutga da mulscher. Cu il signun vegn pli datier, tgula il tgaun e scappa. Il signun va suenter ad el. Davos il clauder dils pors po el la finfinala tier la coga.

über der Schulter läuft der Kuhhirt auf der Gratkante hinunter. Seine Silhouette ist dunkel im Abendlicht. Die Sonne wirft lange Schatten durchs Tal. Die Bergspitzen sind in Honig getaucht.

Im Dorf ist der Lucas überfahren worden. Bin gerade froh, sagt der Georg. Der Giachen hat ihn überfahren nach Mitternacht, als er von der Beiz nach Hause gefahren ist. Der Lucas sei mitten auf der Strasse gestanden nach der grossen Kurve in der kleinen Kurve neben der Kirche. Mit dem sturen Esel habe er sowieso nur Theater gehabt.

Die Leiter lehnt gegen das Stalldach. Ihr fehlen zwei Sprossen. Auf dem Stalldach steht der Zusenn und flickt das Loch im Dach, damit es nicht mehr auf den Heustock rinnt. Wenn es Nachmittag wird, ist das Loch im Dach zugedichtet. Der Zusenn steht auf dem Dachgiebel und blickt übers Tal. Der Tag ist wolkenlos. Die Berge strecken sich Schulter an Schulter gegen Himmel, markieren eine Grenze, als sei auf der anderen Seite dieser mächtigen Grenze nichts mehr.

Als der Lappi nach dem Melken plötzlich vor der Hütte steht, bindet sich der Senn seinen Melkstuhl los. Als der Senn sich ihm nähert, geht der Hund winselnd ab. Der Senn geht ihm nach. Vor dem Schweinegehege kriegt er ihn endlich zwischen die Finger.

Il scolast muossa sil purtger. Der da, wer weiss, wie nennt man diesen. Ina scolara di, das ist der Senn, nein, der Hirt, nein, der Stallwischer, richtig, di il scolast, schreibt euch das auf. Ils scolars scrivrognan en lur carnets blaus. Was macht der Stallwischer, den Stall wischen, cloma ina scolara. Ursula, di il scolast, wie geht das, nicht reden ohne zu strecken, Tschuldigung Herr Lehrer, di la scolara, richtig, also, nochmals, was macht der Stallwischer. Ils scolars tegnan si det. Il scolast damonda in scolar vi davostier. Er wischt den Stall, richtig.

Dils scolasts sefidel jeu buca, di il signun cun egliada strentga. Ils scolasts ein retgs egl agen reginavel. Quei ei malsegir. Sco Pilatus stendan ei il det polisch ensi ni engiu. Culs scolasts hai jeu serrau giu, di il signun. El hagi giu in scolast, nov onns il medem mazzacarstgauns, quel havevi en in tschoss alv e zuornavi ils affons sco vaccas. Quei truschasabientschas hagi bunamein scarpau giu in'ureglia ad el. Dapi lu sefidi el buca pli da quels cun tschoss alvs e vestgius ners.

Igl avonmiezdi digl emprem d'uost ein il paster ed il purtger culla muaglia si ellas plauncas sut il Sez Ner ella cufla. Sas ti far si a mi la scaffa da mustgas, damonda il purtger il paster, el sappi buca pli, di el e fruscha ils mauns marvels vid ina vacca, duront ch'il

Der Lehrer zeigt auf den Schweinehirten. Der da, wer weiss, wie nennt man diesen. Eine Schülerin sagt, das ist der Senn, nein, der Kuhhirt, nein, der Stallwischer, richtig, sagt der Lehrer, schreibt euch das auf. Die Schüler schreiben in ihre blauen Hefte. Was macht der Stallwischer, den Stall wischen, ruft eine Schülerin. Ursula, sagt der Lehrer, wie geht das, nicht reden ohne die Hand zu strecken, Tschuldigung Herr Lehrer, sagt die Schülerin, richtig, also, nochmals, was macht der Stallwischer. Die Schüler strecken die Finger hoch. Der Lehrer ruft einen Schüler auf, der hinten steht. Er wischt den Stall, richtig.

Den Lehrern traue ich nicht, sagt der Senn mit ernstem Blick. Die Lehrer sind König im eigenen Reich. Das ist gefährlich. Wie Pilatus strecken sie den Daumen nach oben oder nach unten. Mit den Lehrern habe ich abgeschlossen, sagt der Senn. Er habe einen Lehrer gehabt, neun Jahre lang den gleichen Calöri, der habe einen weissen Kittel angehabt und habe mit seinem Stock die Kinder geschlagen wie Kühe. Der habe ihm fast ein Ohr abgerissen. Seitdem traue er denen mit weissen Kitteln und schwarzen Anzügen nicht mehr.

Am ersten August stehen der Kuhhirt und der Schweinehirt oben auf der Alp unter dem Sez Ner am Vormittag im Schneegestöber mit der Herde. Kannst du mir den Hosenstall zumachen, fragt der Kuhhirte den Schweinehirten, er könne selber nicht mehr, sagt

vent catscha petramein la cufla entuorn las ureglias allas creatiras alpinas quei avonmiezdi.

Il signun cun scussal alv sesa en stiva sut il crucifix. Vid il crucifix penda Cristus. El ha rut giu il maun dretg. Il polizist dil vitg sesa visavi il signun sil hocher. Davon el la maschina da scriver. Num, naschius, liug da domicil, stadi civil. Il polizist dil vitg smacca plaunsiu in nuv suenter l'auter sin sia Hermes. Cu il di va da rendiu tila il polizist il fegl ord sia maschina da scriver e metta quel en sia tastga da curom. Il polizist dil vitg metta si capiala, smacca ora il brust, di engraziel pil latg, per la pischada, pil jogurt, pil tschagrun, pil caschiel lom, per las duas magnuccas caschiel e banduna da buna luna la hetta.

Ei plova dapi quater dis. La muaglia va da via viadora, la muaglia va oz buca siadora. Las empremas vaccas vegnan entuorn la storta davos la davosa val avon il cunfin dall'alp, davon anavon la veglia dil Toni Liung suandada da tschellas ord la medema stalla el vinschatta, suandadas dil peloton tratgs alla liunga. Las empremas vaccas van viaden silla pastira al cunfin dall'alp sur via, leu nua ch'ils cuolms sepusan encunter l'alp. Sut la pastira ellas plauncas dil cuolm stat il Luis culla faultsch ed aulza il maun.

er und reibt sich die starren Hände an einer Kuh, während der Wind den Schnee den Alpkreaturen bitter um die Ohren jagt an diesem Vormittag.

Der Senn mit weisser Schürze sitzt in der Stube unter dem Kruzifix. Am Kruzifix hängt Christus. Seine rechte Hand ist abgebrochen. Der Dorfpolizist sitzt dem Senn gegenüber auf dem Hocker hinter der Schreibmaschine. Name, geboren, Wohnort, Zivilstand. Der Dorfpolizist drückt langsam einen Knopf nach dem anderen auf seiner Hermes. Er reisst bei anbrechender Dämmerung das Blatt aus der Schreibmaschine und steckt es in seine Ledermappe. Der Dorfpolizist schwingt seinen Hut auf das spärliche Haar und bedankt sich beim Senn für die Milch, die Alpbutter, das Alpjoghurt, den Ziger, den Weichkäse, die zwei Laibe Alpkäse und verlässt pfeifend die Alphütte.

Es regnet seit vier Tagen. Die Herde läuft die Strasse entlang, die Herde geht heute nicht in die Höhe. Die ersten Kühe kommen um die Kurve beim letzten Tobel vor der Alpgrenze, voneweg die Alte vom Toni Liung, gefolgt von den anderen aus dem gleichen Stall im Windschatten und dem langgezogenen Feld. Die ersten Kühe ziehen über die Weide an der Alpgrenze, dort, wo sich die Maiensässe an die Alp lehnen. Unterhalb der Weide in den Hängen seines Maiensässes steht der Luis mit der Sense und hebt die Hand.

Il tschäncli ner cul tac alv sil frunt ha priu tier. Las costas sent'ins strusch pli, di il zezen e beiba siu caffe. Il tschäncli ha priu tier dapi ch'el ha buca pli si ghips. Quei dat tuttina aunc ina perdanonza, di il signun cun scussal alv senza mirar si e sfeglia el Blick ch'ils purs han schau anavos la dumengia avon in'jamna. Il tschäncli pren jeu cun mei, cu la stad ei vargada, di il zezen. El sappi haver la caura e pervia dad el era las gaglinas, aber il tschäncli buc. Il signun sfeglia tras la gasetta e metta ella sil sem finiastra spel radio cull'antenna rutta. Ali giavel cun quei toc caura dil huz.

Il Luis culla narba sugl egl dretg sesa avon nuegl sil baun da lenn e taglia tier ina clavella. Mosch mosch. Il paster tila vid la Rössli. Sia basatta seigi vegnida 103, savevi buca pli ir, savevi buca pli star sin peis, vesevi nuot pli, udevi nuot pli e tschintschar savevi ella era buca pli. Il pli grond respect havevi el dalla basatta. Il Luis taglia tier la clavella, soli, di el, metta la clavella dalla vart, il cunti era e pren ina nova Rössli ord la scatla.

Der schwarze Schafsbock mit dem weissen Fleck auf der Stirn hat zugenommen. Die Rippen spürt man kaum mehr, sagt der Zusenn und trinkt aus seiner Kaffeetasse. Der Schafsbock hat zugenommen, seit er keinen Gipsverband mehr hat. Das gibt doch noch ein Festmahl, sagt der Senn mit weisser Schürze ohne aufzuschauen und blättert im Blick, den die Bauern am Sonntag vor einer Woche haben liegen lassen. Den Schafsbock nehme ich mit, wenn der Sommer durch ist, sagt der Zusenn. Er könne die Ziege haben und von ihm aus auch die Hühner, aber den Schafsbock nicht. Der Senn blättert die Zeitung ganz durch, faltet die Zeitung zusammen, steht auf und legt die Zeitung auf den Fenstersims neben dem Radio mit geknickter Antenne. Zum Teufel mit dieser Saugeiss.

Der Luis mit der Narbe über dem Auge sitzt auf der Holzbank vor dem Stall und schnitzt einen Holzzapfen zu. Mosch mosch. Der Kuhhirt zieht an der Rössli. Seine Urgrossmutter sei hundertdrei geworden, habe nicht mehr laufen können, habe nicht mehr stehen können, nichts mehr gesehen, nichts mehr gehört, und sprechen habe sie auch nicht mehr können. Den grössten Respekt habe er vor der Urgrossmutter gehabt. Der Luis schnitzt weiter an seinem Holzzapfen, soli, sagt er, legt den Holzzapfen auf die Seite, das Messer auch und gönnt sich eine neue Rössli aus der Schachtel.

Tgei ch'ei detti da niev giu el vitg, damonda il Luis anavos. Nuot, schuber nuot, ed aunc mender, igl ei aunc tut tuttina. Tegn inaga, di il Luis e va en nuegl. Mira tscheu. El dat neu in glas plein al paster. Cheu ha ei en in féf verdad, di el e surri en sia barba grischa da treis dis. Giu el vitg ha la vischina tagliau giu ils tgaus dallas flurs sulegl da mia dunna, zac, di el, giu cun els. Sia basatta hagi adina detg, la vallada seigi stretga e la pli veglia ella vallada seigi la scuidonza. El dat fiug a sia Rössli stizzada. Siu tat aber hagi adina detg, encunter la scuidonza detti ei mo in remiedi, quei seigi far ora lenna. Encunter la scuidonza gidi mo far ora lenna.

Ils purs sesan cun capialas davos meisastiva, tilan vid las stumpas e beiban caffeschnaps, tila la carta, buca quella, tila tschella, tila il trumf, tila toch il trumf, toch buca quella, tila tschella, ti has toch aunc tschel-la, daco tilas pia quella, sche ti has aunc tschella, ti stos toch aunc haver il trumf, quels ein toch aunc buca i tuts, tgei has insumma aunc, sche ti has buca tschella.

Gallopper, Gallopper ei il meglier pier ch'ei dat, di il signun. Inaga Gallopper, adina Gallopper. Calanda hai jeu era buca nuidis. Aber quei ei tuttina gleiti tut il medem, neve.

Was es Neues unten im Dorf gebe, fragt der Luis zurück. Nuot, nichts, rein gar nichts, und noch schlimmer, es sei noch alles gleich. Halt mal, sagt der Luis und geht in den Stall. Er reicht dem Kuhhirten ein gefülltes Glas. Da ist ein Stückchen Wahrheit drin, sagt er und lächelt in seinen grauen Bartstoppeln. Unten im Dorf habe die Nachbarin seiner Frau die Sonnenblumenköpfe abgeschnitten, zac, sagt er. Seine Urgrossmutter habe immer gesagt, das Tal sei eng und die Älteste im Tal sei die Eifersucht. Er zündet sich seine abgelöschte Rössli an. Sein Grossvater aber habe gesagt, gegen die Eifersucht gebe es nur ein Mittel, das sei Holzhacken. Gegen Eifersucht helfe nur Holzhacken.

Die Bauern sitzen mit Hüten am Stubentisch, ziehen an ihren Stumpen und trinken Kaffeeschnaps, zieh die Karte, nicht diese, zieh die andere, den Trumpf, zieh doch den Trumpf, doch nicht diese Karte, zieh die andere, du hast doch noch die andere, warum ziehst du denn diese, wenn du die andere noch hast, du musst doch noch den Trumpf haben, die sind doch nicht alle gegangen, was hast du denn noch überhaupt, wenn nicht den Trumpf.

Gallopper, Gallopper ist das beste Bier überhaupt, sagt der Senn. Einmal Gallopper, immer Gallopper. Calanda habe ich auch nicht ungern. Aber das ist ja bald trotzdem alles das gleiche, gell.

Ora tier la starlera hagi il cametg sturniu treis stiarls, di il pur davon igl esch dalla stalla sut il crucifix. Vid il crucifix ei in dasch sec. Ei daguota giu da tetg. Il venderdis, treis tocs, la starlera sezza hagi giu cletg. El stenda ora siu maun ella plievgia. Tschei maun ha el en sac dallas caultschas. Capescha era mo Diu. La plievgia dat giuaden pil plaz, adina pli fetg. El hagi era giu cletg, negins dils ses seigien i a frusta. Aber sche quei va vinavon aschia, lu ein lu tuts inaga stai vidlunder, gell. Il suffel tila entuorn stalla e hetta, petga la plievgia encunter la preit dalla stalla, petga ils barcuns encunter la preit dalla hetta.

Il purtger porta ina porta da lenn sul plaz vi. La porta ei pesanca. El porta la porta si dies e tegn la porta vid las varts sul tgau. La porta smacca anavon il tgau dil purtger. Sil plaz sestenda sia umbriva.

Las vaccas ein silla pastira sut il cunfin da nebla ella plievgia. La pastira ei beingleiti magliada giu. Siadora dil vitg ei il tuccar da miezdi d'udir. Il Luis sesa sil buc e batta la faultsch. En bucca la Rössli. La religiun pendi denter combas, di el e streha culla mongia sul frunt vi. Sia dunna mondi mintga dumengia a messa, el mondi buca bugen, buca perquei ch'el creigi buca, el creigi schon, aber per trottar en baselgia e plap-pergnar suenter quei ch'il prer detti avon stoppi el

Draussen bei der Hirtin hat der Blitz drei Rinder erschlagen, sagt der Bauer vor der Stalltüre unter dem Kruzifix mit vertrocknetem Tannenzweig. Es tropft vom Vordach. Am Freitag, drei Stück, die Hirtin selber hat Schwein gehabt. Er streckt seine Hand in den Regen raus. Die andere Hand steckt in der Hosentasche. Kann auch nur Gott verstehen. Der Regen schlägt auf den Platz nieder, immer heftiger. Er habe auch Schwein gehabt, seien keine Rinder von ihm draufgegangen. Doch wenn das so weitergeht, ist dann jeder mal dran gewesen, gell. Windböen ziehen um Stall und Hütte, jagen den Regen gegen die Stallwand, schlagen die Fensterläden gegen die Hüttenwand.

Der Schweinehirt trägt eine Holztüre über den Platz. Er trägt die Türe auf dem Rücken und hält sie auf den Seiten über dem Kopf fest. Die Holztüre drückt dem Schweinehirten den Kopf nach vorne. Auf dem Platz streckt sich sein Schatten.

Die Kühe stehen im Regen auf der Weide, die bald abgefressen ist unterhalb der Nebelgrenze. Der Sez Ner ist nicht zu sehen. Vom Dorf hinauf ist das Läuten der Kirchenglocken zu hören. Der Luis sitzt auf dem Bock und dengelt die Sense mit der Rössli im Mund. Die Religion hängt zwischen den Beinen, sagt er und streicht sich mit dem Ärmel über die Stirn. Seine Frau gehe jeden Sonntag in die Kirche, er gehe nur ungern, nicht weil ich nicht glaube, er glau-

buca levar baul. El pren in schluc ord sia scadiola. El
tschontschi cun Diu cu el seghi a maun, lu sappien
ins tschintschar il meglier cun el.

Il signun schai cun mal il tgau spels pors. Sia vesta
ei sgarflada si. Il taur dall'alp vischina ha priu el sils
corns, cu el leva scatschar il taur. Il taur ha priu il
signun sils corns e smenau el in toc. El ha scarpau si
las caultschas davon e davos al signun. Il signun ei
mitschaus sut la seiv ora, avon ch'il taur ha dau ina
secunda. Ils pors ruts ora fufrognan vid las caultschas
dil signun che dierma.

Il Luis sgara culla scua sur la crappa vi davon nuegl.
Daco buca star si cheu, la stad eisi toch bi els cuolms,
di el. Ils giuvens scappien dalla vallada giuadora, giu-
adora tras la Bassa e vinavon giuadora tochen sper la
mar e sur la mar ora grad tochen vi l'America, sch'ei
mondi bein, per maina pli mai turnar. Ah, el cala da
scuar, el capeschi schon enzanua, la vallada tachi vid
la scuidonza sco la rascha vid igl eschnuegl.

Las maschinas da mulscher tunan sco vechers. Ellas
fan tictac sco sch'ei havessen en in zünder d'ina

be schon, aber um in die Kirche zu gehen und das nachzuplappern, was der Pfaffe vorplappere, müsse er nicht früh aufstehen. Er nimmt einen Schluck aus seiner Tasse. Er rede mit Gott, wenn er von Hand mähe, dann könne man am besten mit ihm reden.

Der Senn liegt mit Kopfweh und verkratzter Backe neben den Schweinen. Der Stier der Nachbarsalp hat ihn auf die Hörner genommen, als er den Stier vertreiben wollte. Der Stier hat den Senn mit den Hörnern hochgehoben, ihn ein Stück weit geschleudert und ihm dabei die Hosen vorne und hinten zerrissen. Der Senn hat sich unter dem Zaun durch retten können, bevor der Stier nachgesetzt hat. Die ausgebrochenen Schweine schnuppern an der Hose des schlafenden Senns.

Der Luis kratzt mit dem Stallbesen über die Steine vor seinem Stall. Warum nicht hier oben bleiben, im Sommer ist es doch schön in den Bergen, sagt er. Die Jungen würden davonlaufen, das Tal hinunter, hinunter ins Unterland und durchs Unterland und weiter hinunter bis zum Meer und übers Meer grad bis nach Amerika, wenn es gut ginge, um nie mehr zurückzukehren. Ach, er hält inne, er verstehe schon irgendwie, irgendwie verstehe er schon, das Tal klebe an der Missgunst wie der Harz an der Hüttentüre.

Die Melkmaschinen ticken wie Wecker. Sie ticken, als hätten sie einen Zeitzünder drin. Sie ticken und

bumba. Ellas vegnan il proxim mument a scadenar ell'aria l'entira historia cun in'explosiun terribla ch'ei d'udir ell'entira vallada, in'explosiun imposanta che catscha siadora tilada e lai anavos in crater ch'igl ei buca da capir. Il paster auda il tictac dallas maschinas da mulscher aunc suenter il mulscher. Ellas fan tictac en siu tgau tochen tiel proxim mulscher. Siu cor batta el ritmus dallas maschinas da mulscher.

Sillas magnuccas taccan ils emblems. Sut igl emblem tacca il datum.

Il zezen sufla si il von oransch. Il von da lavar giu sescufla e stenda in det suenter l'auter. Il von da lavar giu suflau si vesa ora sc'in maun scuflau. Ils vons selaian trer en mo cun fadigia. Senza vons ei l'aua memia caulda e la puorla morda viaden ella pial e lavaga ils mauns.

Las vaccas maglian treis ga aschi bia cu ei vegn che neiva, di il pur. Lu han ei buca ruaus. Ellas scarpan ora ils davos pastgs sco sch'ei dess nuot pli da magliar tochen la proxima primavera. Sche las vaccas fredan la neiv, dierman ei buca. Sch'ellas fredan la neiv, ein ellas buca pli heiclias, lu maglian ei quei ch'ei aunc buca magliau giu, avon che la neiv cuarcla en l'alp.

werden im nächsten Augenblick die ganze Geschichte in die Luft jagen mit einem fürchterlichen Knall, der durch das ganze Tal zu hören ist, eine fatale Explosion, die dutzende Meter hoch steigt und einen Krater hinterlässt, wie man es nicht für möglich hält. Der Kuhhirt hört die Melkmaschinen auch nach dem Melken weiterticken. Sie ticken in seinem Kopf bis zum nächsten Melken. Sein Herz schlägt im Rhythmus der Melkmaschinen.

Der Zusenn bläst den orangen Handschuh auf. Der Abwaschhandschuh schwillt an und streckt einen Finger nach dem anderen. Der aufgeblasene Abwaschhandschuh sieht aus wie eine geschwollene Hand. Der Handschuh lässt sich nur mühsam überstreifen. Ohne Handschuhe ist das Wasser zu heiss, und das Pulver frisst sich in die Haut und verdirbt die Hände.

Die Kühe fressen dreimal so viel, wenn der Schnee kommt, sagt der Bauer. Dann haben sie keine Ruh. Sie reissen die letzten Gräser aus, als gäbe es bis zum nächsten Frühling nichts mehr zu fressen. Wenn die Kühe den Schnee riechen, schlafen sie nicht. Wenn sie den Schnee riechen, sind sie nicht mehr wählerisch, dann fressen sie, was noch nicht abgefressen ist, bevor der Schnee die Alp eindeckt.

Il purtger sesa sin in piertg. Il piertg sgregna e cuora en rudi, tochen ch'el stat eri e sa aunc adina buca, danunder che quei buordi sin siu dies vegn tut anetg. Ei sto esser la stauncladad che smacca las greflaspiertg quei di pli fetg ella miarda.

La vacca dil Clemens gioga. Ella stat en combra dils fumegls davon la finiastra aviarta, naven da nua ch'ins po ver il Tumpiv cun capi vi da l'autra vart dalla vallada. Da vart dretga dil Tumpiv ei il Chistastoc, in cuolm che vesa ora sco sch'el fuss vegnius tagliaus giu sin mesa altezia dil maun dil Tutpussent. Il Chistastoc che ha ussa enstagl d'in péz in plaun grond sc'in cuolm.

Il purtger auda co il signun zacregia aunc pli dad ault, huara tgaulom, la puorla dat giu da plantschiu su giuaden ella caldera, vai forsa memia bein cun tei, ni. Il purtger tschappa la vacca per la tschenta dalla bransina e cun det mussader e det polisch ellas ruosnas nas. El smacca il tgau dalla stinada engiu, scarpa per nas e tschenta, scarpa entuorn il tgau dalla vacca, naven dalla finiastra aviarta, strai viadora la vacca on zuler, spel boiler vi e viadora ord hetta. El auda, co il signun zappetscha da scala si.

La nebla tschessa plaun a plaun. Ils dis da plievgia han lumiau si il funs. La starlera stat davon sia hetta e strocla ora in batlini bletsch. Ella strocla che las

Der Schweinehirt sitzt auf einem Schwein. Das Schwein quietscht und rennt im Kreis, bis es stehenbleibt und immer noch nicht weiss, woher die plötzliche Last auf seinem Rücken kommt. Es muss die Müdigkeit sein, die die Schweineklauen heute besonders tief in den Dreck drückt.

Die Kuh vom Clemens ist stierig. Sie steht im Schlafzimmer der Hirten, wo das Fenster offen steht und der Tumpiv auf der anderen Talseite mit Wolkenhut zu sehen ist. Rechts vom Tumpiv steht der Kistenstock, ein Berg, der aussieht, als sei er auf halber Höhe von Gotteshand abgesägt worden. Der Kistenstock, der jetzt anstatt einer Spitze eine Fläche hat gross wie ein Maiensäss.

Der Schweinehirt hört den Senn noch lauter schreien, huara tgaulom, der Dreck von der Decke falle in den Milchkessel, ob es ihm denn zu gut gehe, he. Der Schweinehirt packt die Kuh beim Glockenriemen und mit Daumen und Zeigefinger in der Nase. Er drückt zu, drückt den Kopf der Kuh vom Fenster weg, drückt ihn nach unten und zerrt die Kuh herum, zerrt sie mit, raus auf den Gang, am Boiler mit Anzeige vorbei und raus aus der Hütte. Er hört den Senn die Treppe raufstampfen.

Die Wolken verziehen sich allmählich. Die Regentage haben die Böden aufgeweicht. Die Hirtin der Rinderalp steht vor ihrer Hütte und windet das nasse

aveinas nodan giu silla bratscha blutta, tochen che sia bratscha blutta trembla. Ella strocla sco sch'ella stuess strunglar in tschanc per schar dar il davos mument ed entscheiver danovamein, tochen ch'il batlini ei rubigliaus per pender si il batlini vid la corda che colliga la cantunada dalla hetta cul begl. Siu tgaun schai spel begl culla gneffa sillas toppas e mira si sil batlini. Il batlini sgulatscha el vent.

Il clepper trotta suenter al paster cul fest dil paster en bucca.

Giu el vitg hai barschau avon biebein tschun dis, di il milchmesser duront tscheina. Ah, sch'ei hagien pia udiu nuot da quei. Aschi spert ch'ei ha en empau nebla, vesas ti si cheu buca cua pli, di il signun. Mosch mosch. Gievgia notg, gievgia notg seigi quei stau, ni mesjamna notg, mesjamna notg ni gievgia notg, ah, el sappi era buca pli cu exact, ni tuttina gievgia notg, gie gie, gievgia notg, ussa sappi el puspei, el seigi gie aunc staus avon alla proba da chor, gie gie, also gievgia notg, ni gievgia notg avon in'jamna.

La casa da quei, quei unterländer ha barschau. Quel hagi cumprau quei igl unviern, quella veglia baracca. Han era tuts smarvegliau, tgei che quel leva cun quella. Il signun dersha vinars en siu caffe. Barschau giu tochen dem. Ils pumpiers dil vitg han fatg buna

Leintuch aus. Sie windet, dass ihr die Sehnen auf den nackten Armen hervortreten, bis ihre nackten Arme zittern. Sie windet, als müsste sie einen Schafsbock erwürgen, um im letzen Moment loszulassen und von vorne zu beginnen, bis das Leintuch faltig ist und sie es aufhängt an der Wäscheleine, die von der Hüttenecke zum Brunnen geht. Ihr Hund liegt neben ihr mit der Schnauze auf den Tatzen und blickt auf das Leintuch. Das Leintuch flattert im Morgenwind.

Der alte Graue trottet dem Kuhhirten nach mit dem Stock des Kuhhirten zwischen den Zähnen.

Im Dorf hat es gebrannt vor ein paar Tagen, sagt der Milchmesser beim Essen vor dem Melken. Ach, ob sie denn nichts davon mitbekommen hätten. Sobald ein bisschen Wolken aufziehen, siehst du hier oben keinen Schwanz mehr, sagt der Senn. Mosch mosch. Also Donnerstagnacht sei das gewesen, oder Mittwochnacht, Mittwochnacht oder Donnerstagnacht, ach, er wisse nicht mehr genau, oder doch Donnerstagnacht, ja ja, Donnerstagnacht, jetzt wisse er, er sei davor ja noch zur Chorprobe, ja ja, also Donnerstagnacht, oder Donnerstagnacht vor einer Woche.

Das Haus von diesem, diesem Unterländer hat gebrannt. Der habe das gekauft im Winter, diese alte Baracke. Haben ja alle gestaunt, was der denn damit wollte. Der Senn schüttet vom Berggeist in seinen Kaffee. Bis auf die Grundmauern niedergebrannt. Die

lavur, schiglioc fuss gl'entir vitg barschaus giu. Quel seigi ius en vacanzas giu Mallorca dus dis avon il barschament, cun sia dunna, ina da neu da tschella vart, furt, il truschacac, el a Mallorca e vualà. Bien ch'ils pumpiers dil vitg han fatg bravuras, di il milchmesser. Buca che la disgrazia d'anno ventgaquater serepeti, cu siat casas, siat clavaus gronds e siat clavaus pigns seigien barschai giu. Culla sprezza gronda si da Cuera hagien ei lezza gada stuiu vegnir per dar damogn alla ravgia.

Il piertg tgula e ragagna. Il rinc dil nas ei vegnius smaccaus en memia lunsch viaden el nas ad el. Il piertg ha fadigia da trer flad ed il saung daguota giun plaun. Quel dumignein nus buca pli ora. Il piertg schai encunter la preit ella miarda culla bucca aviarta, ha schuffas da trer flad, tgula buca pli. Entgins pors fufrognan vi dad el, smaccan ils nas encunter siu venter, fan ir vi e neu las cuas scursanidas. Sul camon da pors sesan las gaglinas sin lur ovs e miran giu sils pors.

Igl ual sgarguglia sur la crappa giu permiez la pastira d'alp. In bau schai en dies ell'aua agl ur digl ual. El dat peis, po denton buca viadora. Igl ual pren cun il bau giuadora ella vallada. Igl ual crescha, pli datier ch'el vegn al funs dalla vallada, e mida sia fatscha. Pli liungs ch'el vegn e pli malsegir ch'el fa sias rivas. Dapi ch'igl ual ha carmalau igl aug sur sias preitscrap

Dorffeuerwehr hat gute Arbeit geleistet, sonst wäre das halbe Dorf abgebrannt. Der sei zwei Tage vor dem Brand in die Ferien nach Mallorca, mit seiner Frau, furt, der Sauhund, er in Mallorca und voilà. Gut hat die Dorffeuerwehr so tapfer geschuftet, sagt der Milchmesser. Nicht dass sich das Unglück aus dem Vierundzwanzig wiederhole, als sieben Häuser, sieben grosse Ställe und sieben kleine Ställe abgebrannt seien. Mit der Autospritze von Chur hinauf habe man damals kommen müssen, um die Wut zu zähmen.

Das Schwein quietscht und röchelt. Der Nasenring ist ihm zu weit hinten in der Nase reingedrückt worden. Das Schwein atmet mühsam und schwer, und das Blut tropft ihm von der Nase. Den bekommen wir nicht mehr raus. Das Schwein liegt gegen die Wand gelehnt mit offenem Mund im Dreck, atmet schwer, quietscht nicht mehr. Einige Schweine schnuppern an ihm, drücken ihm die Nase gegen den Bauch, bewegen ihre gekürzten Schweineschwänze hin und her. Über dem Schweinestall sitzen auf ihren Eiern die Hühner und schauen auf die Schweine runter.

Der Bergbach sprudelt über die Steine mitten durch die Alpwiese. Ein Käfer liegt auf dem Rücken im Wasser am Bachufer. Er zappelt mit den Beinen, er schafft es nicht mehr raus. Der Bach schwemmt den Käfer mit ins Tal hinunter. Der Bach wächst, je näher er der Talsohle kommt, und ändert sein Gesicht. Je länger er wird, umso gefährlicher macht er seine Ufer.

giu, ha il purtger tema el stgir. El stgir sesa igl aug denter ils morts.

Il Fazandin stat sin tuttas quater silla pastira denter las vaccas. El scarpa ora pastgets, cantrogna, weisser Senf, weisser Senf, Senf gekäuet, zeucht den zahen Schleim aus dem Haubt, und reiniget das Hirne, und stillet das Zahnwehe. El va sin tuts quater sur la pastira vi anavos tier sia pala che schai el pastg. El freda vid las jarvas entuorn la crappa, tschappa la pala e zappetscha dalla pastira siadora. Els crests cumpara el aunc inagada, avon ch'el contonscha il cunfin dalla brentina e svanescha pilver.

Il sitaspieghel dil Justy ei ruts giu. El penda aunc vid dus fildiroms dalla vart giu. In pur dall'Alp Prada ha scarpau giu il spieghel cun siu Aebi tgietschen. Il zezen ha viu ei. Il signun sa buca tgi che ha scarpau giu il spieghel a siu Justy. Il Giachen di, sitaspieghel drov'ins buca e rücspieghel soviso buca. El mondi mai anavos. Adina mo anavon. Sch'el mondi inaga falliu, quei che schabegi inaga en treis onns basiasts, mondi el vinavon, ei meini adina ina via anavos, era sch'ins mondi mo anavon.

Seit der Bach den Onkel über seine Felswände umgebracht hat, hat der Schweinehirt Angst im Dunkeln. Im Dunkeln hockt der Onkel unter den Toten.

Der Fazandin steht auf allen Vieren auf der Weide zwischen den Kühen. Er reisst Gräser aus, trällert, weisser Senf, weisser Senf, Senf gekäuet, zeucht den zahen Schleim aus dem Haubt, und reiniget das Hirne, und stillet das Zahnwehe. Er läuft auf allen Vieren zurück zu seiner Schaufel, die im Gras liegt. Er riecht an den Kräutern um die Steine, packt die Schaufel und läuft mit der Schaufel den Hang hinauf. In den Hügeln taucht er nochmals auf, bevor er die Nebelgrenze erreicht und wirklich verschwindet.

Der Seitenspiegel des Justys ist abgebrochen. Er hängt an zwei Drähten herunter. Ein Bauer der Alp Prada hat mit seinem roten Aebi den Seitenspiegel abgerissen. Der Zusenn hat es gesehen. Der Senn weiss nicht, wer ihm den Seitenspiegel abgerissen hat. Der Giachen sagt, Seitenspiegel braucht man nicht und Rückspiegel sowieso nicht. Er fahre nie rückwärts. Immer nur vorwärts. Verfahre er sich, was einmal in drei Schaltjahren vorkomme, fahre er weiter, es führe immer ein Weg zurück, auch wenn man vorwärts fahre.

Die Schweine liegen hinter dem Stall im Dreck. Sie liegen unbewegt. Wie Kartoffelsäcke liegen sie da.

La caura stat sigl ur dil begl, ils turists fotografe-
schan. La caura beiba, ils turists fotografeschan. La
caura muossa ils corns, ils turists fotografeschan. La
caura scarpa vid las crestastgiet sul tgiern dil begl,
ils turists fotografeschan. La caura zepla vid il paun
frestg, ils turists fotografeschan. La caura seglia giu
digl ur dil begl, ils turists fotografeschan.

Ils motors rumpan il silenzi d'alp. Davontier va igl
Alig cun siu Rapid ed ina carguna lenna si davos.
Davos igl Alig vegn il Toni Liung cun siu Aebi. Il
Köbi sesa sil sez spel Toni Liung. Il Toni Liung ed il
Köbi han omisdus pamirs oranschs sillas ureglias. Ils
tgauns cuoran encunter als motors silla via naturala.
Ils tgauns untgeschan ora ella spunda sur via e giap-
pan si pils motors. Els cuoran e seglian suenter als
motors sur ils crests cun crestastgiet sfluridas. Ils purs
sin lur motors selaian buca impressiunar.

Il signun sesa davos meisa sut il crucifix cun dasch
sec. Davon el in glas schnaps scharf. El strubegia
entuorn vid il radio cull'antenna rutta giu. La porta
sesarva e silla sava digl esch dalla stiva stattan ils treis
purs cun buccas fimontas e butteglias vinars barschau

Zwischendrin bewegt sich ein Ohr. Zwischendrin grunzt ein Schwein. Dann ist es wieder still.

Die Ziege steht auf dem Brunnenrand, die Touristen fotografieren. Die Ziege trinkt, die Touristen fotografieren. Die Ziege zeigt die Hörner, die Touristen fotografieren. Die Ziege knabbert am Alpenrosenstrauss über dem Brunnenhahn, die Touristen fotografieren. Die Ziege knabbert am frischen Brot, die Touristen fotografieren. Die Ziege springt vom Brunnenrand herunter, die Touristen fotografieren.

Die Motoren brechen die Alpstille. Vorneweg fährt der Alig mit seinem Rapid mit einer riesigen Ladung Holz. Hinter dem Alig fährt der Toni Liung mit seinem Aebi. Der Köbi sitzt neben ihm auf dem Beifahrersitz. Toni Liung und Köbi beide mit orangem Gehörschutz auf den Ohren. Die Hunde springen auf der Naturstrasse den Motoren entgegen. Die Hunde weichen in den oberen Strassenhang aus und bellen von der Seite die Motoren an. Sie springen über die Hügel mit verblühenden Alpenrosen mit den Fahrzeugen mit. Die Bauern auf ihren Motoren lassen sich nicht beeindrucken.

Der Senn sitzt am Hüttentisch unter dem Kruzifix mit vertrocknetem Tannenzweig mit einem Glas Scharfen und dreht am Radio mit geknickter Antenne, als die drei Bauern mit rauchenden Mündern und selbstgebranntem Feuerwasser in der Hand in

sez enta maun e laian si las capialas, prendan buca giu las capialas, sco sch'ei targessen gest ils revolvers.

Quels han in uorden da piertg, quels dall'Alp Prada, di il signun. El sepusa cul maun encunter la pluna lenna davos hetta. Quels mulschan ina gada dallas sis ed ina gada dallas otg, leu stuess jeu lu buca haver mias vaccas, sch'jeu fuss pur. Ils dus purs davos hetta culs pamirs oranschs sillas ureglias dattan il tgau. Sch'ei vesi gia ora aschia entuorn stalla, el vegli buca saver, co ei vesi lu ora en tschaler da caschiel. Il signun cruscha la bratscha. Smarschuns ein quei, fan ina biala stad e schiglioc paucnuot, carteis gie sezs buca che quels sechels fetschien quei da rudien. Ils purs dattan il tgau. Sa gie negin, cons tgaus ch'ein propi sin quell'alp, el scrola il tgau, aschia vegn buc fatg si cheu in'alp e fertic.

Quei dat in stemprau temerari questa sera, di igl Alig culla comba scursanida, meglier da serrar en finiastras e barcuns. Tgauadia, di il signun, cura ch'ils purs sesan il suentermiezdi tard sin lur motors, il Toni Liung ed il Köbi cun pamirs oranschs sillas ureglias davon anavon. Igl Alig sin siu Rapid davos igl Aebi mira aunc inagada anavos. El ha buca perdunau alla pastreglia ch'ei han schau ir la biestga sin siu cuolm. La puorla sesaulza silla via. Il mustgam catscha entuorn il tgau dil signun che stat culs mauns els sacs

die Stube kommen, die Hüte anbehalten, die Hüte nicht abnehmen, als würden sie gleich die Revolver ziehen.

Die haben eine Sauordnung, die von der Alp Prada, sagt der Senn. Er steht mit der Hand gegen die Holzbeige gestützt. Die melken einmal um sechs und einmal um acht, da müsste ich meine Kühe denn nicht haben, wenn ich Bauer wäre. Die zwei Bauern hinter der Hütte mit Gehörschutz auf den Ohren nicken. Wenn es um den Stall schon so aussehe, er wolle nicht wissen, wie der Käsekeller aussehe. Der Senn kreuzt die Arme, die Bauern nicken. Faule Säcke sind das, machen sich einen schönen Sommer und weiter nichts, glaubt ihr ja selber nicht, dass dieser Sauhaufen das fertigbringt. Da weiss ja niemand, wie viele Leute da wirklich auf dieser Alp sind, er schüttelt den Kopf, so macht man hier keine Alp und fertig.

Das gibt ein Kuhgewitter heute Abend, sagt der Alig mit verkürztem Bein, besser die Fenster zumachen. Tgauadia, sagt der Senn, als die Bauern am späten Nachmittag auf ihren Motoren sitzen, der Toni Liung mit dem Köbi vorneweg. Der Alig hinter ihnen schaut nochmals zurück. Er hat den Älplern nicht verziehen, dass sie die Kühe auf sein Maiensäss haben lassen. Der Staub wirbelt auf der Strasse auf. Die Fliegen surren dem Senn mit den Händen in den Hosentaschen um den Kopf, der vor der Hütte steht und den Pistolers nachschaut.

dallas caultschas davon hetta e mira suenter als pistolers.

Melanconia schigia ora l'ossa, stat scret el cudisch. Fiera buca naven tes calzers, avon che ti has buca novs. Cumpra la verdad, venda aber buca ella. Meglier purtar sia crusch che runar suenter ella. Il zezen sfeglia, sfeglia, sfeglia. Davostier el cudisch maletgs da: Papa Gion XXIII, John F. Kennedy, Papa Paul IV, igl uestg cun amicabla lubientscha dil Vaterland. Autoritads ecclesiasticas: (naven da sum engiu) Papa Paul VI, Uestg de Cuera, Vicaris generals, Capetel catederal: Domprobst, Domdecan, Domscholasticus, Domcantor (vacant), Domcustos. Il zezen streha al ner cul tac alv sil frunt denter las ureglias ora.

Tgei duei jeu, damonda il signun, schiglioc vai schon aunc, also grad selvadis essan lu era buca si cheu. Da quei da cantergnems da signuns, da quei leu vegn ord ils cudischs. Quei da quei che quels tschetscharispials e turistichers laian vegnir endamen cu els ein buca grad vida beiber caffe e far politica da caffe per las caffetarias dils gronds caffetiers entuorn.

Il paster ha mal ils dents. In dent davos dretg smacca. Il docter Tomaschett cun vestgiu ner tschenta giu sia cofra da curom silla meisa dalla stiva. Muossa inaga tscheu la miseria, di el e ruchegia il spieghel sil nas. Aha, arva sia cofra da curom e pren ora la zaunga.

Melancholie trocknet die Knochen aus, steht im Buch. Wirf deine alten Schuhe nicht weg, bevor du neue hast. Kaufe die Wahrheit, aber verkaufe sie nicht. Besser sein Kreuz zu tragen, als es nachzuschleifen. Der Zusenn blättert, blättert, blättert. Hinten im Buch Bilder von: Papa Gion XXIII, John F. Kennedy, Papa Paul VI, der Bischof mit freundlicher Genehmigung vom Vaterland. Autoritads ecclesiasticas: (von oben nach unten) Papa Paul VI, Bischof von Chur, Generalvikare, Domkapitel: Domprobst, Domdecan, Domscholasticus, Domcantor (vacant), Domcustos. Der Zusenn streichelt dem Schwarzen mit dem weissen Flecken über die Ohren.

Was soll ich, fragt der Senn, sonst aber noch alles in Butter, ni, also grad Wilde sind wir hier oben denn auch nicht, gell. Das von Gesinge und Gesänge vom Senn und piperlapap, das ist was aus den Büchern. Das ist etwas, was diese Bleistiftspitzer und Turistiker sich in den Sinn kommen lassen, huara politica da caffe.

Der Kuhhirt hat Zahnschmerzen. Hinten rechts drückt der Zahn. Der Doktor Tomaschett in schwarzem Anzug stellt seinen Lederkoffer auf dem Hüttentisch ab. Zeig mal her die Armut, sagt er und rückt seine Brille zurecht auf seiner Nase. Aha, schliesst sei-

Giu da quei ei aunc negin morts, mo che ti sappies, aber gl'emprem beiba quei cheu, di el e dat al paster il glas, avon ch'el sfundra la zaunga ella gargatta dil paster. Il purtger smarveglia dalla forza criua digl um vegl.

La damaun ei clara. Il stemprau dalla notg vargada ei quasi emblidaus, cura ch'ei ha scadenau tochen tard viaden, cura ch'ils cametgs han dau giuaden entuorn l'alp, han dau fiug ad ina plonta agl ur digl uaul giu-sut la hetta. Naven dil Sez Ner anora vesa il paster la hetta da cuolm barschada giu. Igl ei la hetta digl Alig. Ella fema aunc adina. La curnaglia fa buca mucs sils palsseiv dalla seiv da cunfin tier l'alp dalla star-lera.

Ils fumegls ein davos hetta davos il mantunun lenna e fan ora lenna sut tschiel clar e serein. Il suadetsch cuora ad els sur baditschun e culiez. Il purtger sfracca il mogn giuaden per la buora, tac, pil signun, di el, aulza buffond il mogn tochen si sul tgau, tac, per la crappa da fiug, di il paster, tac, per el cheusi, tac, tac, pil Diu dil lenn, tac, pils cleppers, tactac, per el cheugiu, tac, per la patria, tac.

Il purtger sesa la sera davos stalla ella carretta cun ina Rössli en bucca. La carretta ha in bratsch rut giu. Il purtger ha l'egliada viers il Tumpiv. Il péz dil Tum-

nen Koffer auf und nimmt die Zange raus. Daran ist noch niemand gestorben, nur dass du es weisst, aber zuerst trink das hier, sagt er und reicht dem Kuhhirten das Glas, bevor er die Zange in den Rachen des Kuhhirten taucht. Der Schweinehirt staunt ob der rohen Kraft des alten Herrn.

Der Morgen ist klar. Das Gewitter von der Nacht ist fast vergessen, als es bis tief in die Nacht hinein gekracht hat, die Blitze rund um die Alp nieder sind, eine Tanne am Waldrand unterhalb der Hütte in Brand gesetzt haben. Am Himmel noch wenige Wolkenfetzen. Vom Sez Ner aus sieht der Kuhhirt die verbrannte Maiensässhütte vom Alig. Sie raucht immer noch. Die Dohlen stehen still auf den Zaunpfählen des Grenzzaunes zur Rinderalp.

Die Hirten stehen hinter der Hütte hinter dem Holzberg und hacken Holz unter strahlend blauem Himmel. Der Schweiss läuft ihnen über Kinn und Hals. Der Schweinehirt drescht den Holzschlegel auf den Holzklotz nieder, tac, für den Senn, sagt er, hebt schnaufend den Holzschlegel bis über den Kopf, tac, für die Sauhunde, sagt der Kuhhirt, tac, für den Senn, tac, tac, für die Rattenfänger, tac, für den Senn, tactac, für die Holzgötter, tac, per la patria, tac.

Der Schweinehirt sitzt am Abend hinter dem Stall in der Carretta. Die Carretta hat einen abgebrochenen Arm. Der Schweinehirt hat eine Rössli im Mund. Er

piv arda aunc el sulegl dalla sera. Il purtger sufla rincs da fem ella sera d'alp migeivla.

Igl urlar dil motor stenscha. La cazzola en stalla stezza plaunsiu. Il paster vegn ord il camberlet davos stalla ora silla platta da betun. El sbatta igl esch dil camberlet. Ils davos radis dil sulegl sestendan fleivel sur la vallada. El pren la savetscha orda sac dallas caultschas da siu übercclaid blau e sgrefla in streh ella preitstalla.

La vacca dil Giosch petga giu la maschina da mulscher. Smaledida portga, grescha il signun e zuorna ad ella ina culla stivla viaden el venter che quella dat ina zaccudida. Smalediu letgatagliors, quei Giosch. El emprova da puspei metter si la maschina da mulscher. La vacca petga encunter la maschina, aschi spèrt che la maschina tila vid ils tettels. Il signun dat aunc ina viaden el ventrel alla vacca. Va per la sadiala da mulscher. Il signun stat davon giu e mulscha la vacca a maun. Far star, far star quels dus crüppels dil Giosch, far giu quels. Quei tgaumogn. La miarda havein lu nus, gell.

Las duas dunnas cun sacados gronds stattan eri davos las buoras, nua ch'ils fumegls emplunan la sera tard da stgir ils davos scanatschs. Ist das die Alp Prada, damonda la dunna culla cadeina d'argien. Ei vesan ora staunclas, sco sch'ils dos fagessen mal ed ils calcogns

126

blickt rüber auf den Tumpiv, dessen Spitze noch in der Abendsonne glüht, und bläst Rauchringe in den milden Alpabend.

Das Motorengebrüll erstickt. Das Licht im Stall geht langsam aus. Der Kuhhirt kommt aus dem Anbau hinter dem Stall auf die Betonplatte und schlägt die Türe vom Motorenraum zu. Die letzten Sonnenstrahlen ziehen schwach übers Tal hinweg. Er nimmt seine Gabel aus der Tasche seines blauen Überkleides und ritzt einen Strich in die Holzwand.

Die Kuh vom Giosch schlägt mit dem Bein die Melkmaschine runter. Smaledida portga, schreit der Senn und schlägt mit dem Stiefel der Kuh in den Bauch, dass diese zusammenzuckt. Mistvieh von einem Bauern, dieser Giosch. Er versucht die Maschine wieder anzusetzen. Die Kuh schlägt aus, sobald die Melkmaschine an den Zitzen zieht. Der Senn mit umgebundenem Melkstuhl schlägt der Kuh ans Schienbein. Bring mir den Melkeimer. Der Senn bückt sich unter die Kuh und melkt sie von Hand. Schlachten, diese zwei Drecksviecher vom Giosch, schlachten. Der sture Bock. Den Scheissdreck haben dann wir, gell.

Die zwei Frauen mit grossen Rucksäcken stehen hinter dem Holzhaufen, wo die Hirten in der Dunkelheit die letzten Holzscheite aufbeigen. Ist das die Alp Prada, fragt die Frau mit der Silberkette auf Hochdeutsch. Müde sehen sie aus, als würden die Rücken

smaccassen. Quella seigi plinanen, a pei aunc biebein in'ura. Las duas dunnas miran ina sin l'autra.

La schuldada camina tras la notg clara en colonna maluliva dalla via viaden. Las buis pendan entuorn veta, las connas petgan encunter las schnallas. Dalla vart van ils officiers sco catschacamels ed admoneschan la schuldada cun sacados e capellina. Davos l'emprema gruppa vegn ina secunda entuorn la curva. Ina tiarza. Il zezen spetga sper igl um da crap sil crest e tegn anavos ils tgauns vid ils cularins, tochen che era la quarta gruppa ei sperasvi. Ils calzers tunan silla via naturala.

Il purtger va cun sias duas sadialas cotschnas la damaun baul sul plaz vi en stalla. El vesa las duas dunnas culs terments sacados che reivan si el prau da fein sur la seiv da lenn ora. Ellas van sur la pastira si tochen sin via e svaneschan davos la curva viaden viers l'Alp Prada. Il vent dalla damaun scadeina la portaclavau encunter la preit dil clavau.

La vacca dil Linus schai en stalla sin pantun vid la cadeina. Ella remaglia e sia bransina tuna incuntin. Ta-tac, ta-tac, ta-tac. Il paster schai en venter si dies alla vacca dil Linus. El pusa la vesta silla spatla dalla vacca ed in bratsch penda dalla vart giu. Ta-tac, ta-

schmerzen und die Fersen drücken. Die ist weiter hinten, zu Fuss noch eine knappe Stunde. Die zwei Frauen schauen sich an.

In der klaren Alpnacht laufen die Soldaten in Uniformen in unregelmässiger Zweierkolonne die Strasse entlang. Die Gewehre haben sie umgehängt. Die Schnallen klopfen gegen die Gewehre. Auf der Seite laufen die Offiziere wie Kameltreiber und reden mit unterdrückter Stimme auf die Soldaten mit Rucksäcken und Helmen ein. Hinter der ersten Gruppe kommt eine zweite um die Kurve, eine dritte. Der Zusenn neben dem Steinmann auf dem Hügel hält die Hunde am Halsband fest, bis auch die vierte Gruppe durch ist. Die Schuhe tönen auf der Naturstrasse.

Der Schweinehirt kommt mit seinen roten Milcheimern in der Morgendämmerung aus der Hütte und läuft über den Platz rüber zum Stall. Er sieht die zwei Frauen mit schweren Rucksäcken hinten auf der Heuweide über den Holzzaun klettern. Sie gehen über die Wiese bis auf die Strasse und verschwinden um die Kurve. Der Morgenwind schlägt die Heustalltüre gegen die Stallwand.

Die Kuh vom Linus liegt im Stall an der Kette. Sie kaut, und ihre Glocke tönt gleichmässig. Ta-tac, ta-tac, ta-tac. Der Kuhhirt liegt auf dem Bauch auf dem Rückgrat der Kuh vom Linus. Er hat die Backe auf dem Schulterblatt der Kuh, und ein Arm hängt

tac, ta-tac. Cun tschei maun streha el alla vacca sul culiez giu. El siara per amens ils egls. La vacca ei flot caulda.

Co ves'ei ora, damonda il zezen il catschadur. Il catschadur tila si las survintschegglias. Detg denter nus, el streha sul schnuz vi, cheugiu egl uaul va in exemplar tut aparti entuorn, in capital. El drezza la capiala e pren il kirsch ord la tastga dadens.

Gleiti entscheiva la battaglia. Aunc tener ora entgins dis e lu hopla hü, di il signun si pil catschadur che sesa en stiva davos meisa sut la platiala gronda nera. Il battagl dalla platiala penda grev sur siu tgau. El ha la capiala sin meisa sper sia scadiola da caffe. Co vesa ei ora, damonda il signun, pauc da vaglia, sco mintg'onn halt, halt pauc da vaglia, vegn halt nuota meglier, di il catschadur. La catscha da tscharvas ei moderna, untgescha il catschadur. L'emprema tscharva hagien ins viu tier nus anno 29 e tertgau ch'ei seigi in asen. Il signun dat il tgau. El enconuscha quella historia ch'il catschadur raquenta mintga gada ch'el vegn.

Dai adatg dil catschadur, di il signun, quel tschontscha cun lieunga fessa. Il zezen stat sper el cul marti enta maun. Denter las levzas ha el treis guotas. El petga las guotas ella preit dalla hetta. Il signun mira

auf der Seite herunter. Ta-tac, ta-tac, ta-tac. Mit der anderen Hand streichelt er ihr über den Hals. Seine Augen fallen ihm zu für Augenblicke. Die Kuhhaut ist schön warm.

Wie sieht's aus, fragt der Zusenn den Jäger. Der Jäger zieht die Augenbrauen hoch. Unter uns gesagt, er streicht sich über den Schnauz, dort unten in den Wäldern läuft ein Prachtsexemplar herum, ein Kapitaler. Er richtet seinen Hut aus und holt den Kirsch aus seiner Innentasche.

Gleiti entscheiva la battaglia. Noch wenige Tage ausharren und dann hopla hü, dann geht die Schlacht los, sagt der Senn zum Jäger, der in der Stube sitzt am Tisch unter der grossen schwarzen Glocke. Der Klöppel der grossen Glocke hängt schwer über seinem Kopf. Er hat den Hut auf dem Tisch neben der Kaffeetasse. Wie sieht es aus, fragt der Senn, halt nicht so gut, wie jedes Jahr halt, wird halt nicht besser, sagt der Jäger. Die Hirschjagd ist modern, weicht der Jäger aus. Den ersten Hirsch hat man bei uns anno neunundzwanzig gesehen und gedacht, es sei ein Esel. Der Senn nickt. Er kennt diese Geschichte, die der Jäger jedes Mal auftischt, wenn er auftaucht.

Pass auf den Jäger auf, sagt der Senn, der redet mit gespaltener Zunge. Der Zusenn steht neben ihm mit dem Hammer in der Hand. Zwischen den Lippen hat er drei Nägel. Er schlägt die Nägel in die Hütten-

buca els egls ad el. Cul péz dalla lieunga palpa il zezen
ils pézs dalla guotas.

En hetta sper la porta ei il tgiern cul begl da betun.
Il begl ei profunds. Il signun pumpa la scotga ord la
caldera viaden el begl. Naven dil begl meina la lin-
gia sutterrana giu tiels pors. Suenter ch'il signun ha
entschiet a pumpar giu la scotga cloma el da finiastra
ora, pors, clar e bein era ina secunda gada. Ei tut la
scotga tras, grescha il signun viaden el begl, fertic-
schluss.

Il turist cugl apparat da fotografar stat eri sil podest
da betun sur ils begls dils pors. El ha en ina camischa
da quaders da mongia cuorta ed ha si ina capetscha
da tulis. Il purtger vegn cun duas sadialas puorla pils
pors giuadora tiel clauder e reiva sur la seiv en. Ils
pors cuoran encunter al purtger, quel enconuschan ei,
e tgulan e sgregnan e stauschan naven in l'auter. Sooo-
li, hohoo, hööila. Il purtger sto far via culla stivla. Il
turist fotografescha, semeina viers la hetta, Margrit,
cloma el, Margrit. Il purtger tila ora gl'emprem stap-
pun dil begl grond. Il turist fotografescha. La Mar-
grit filmescha. La scotga empleina il begl da pors. Il
purtger va da l'autra vart e sfundra il bratsch tochen
tiel bratsch su giuden ella scotga e tila ora la secunda
clavella. Il secund begl da pors s'empleina. Hesch es
druuf, bisch am filme, Schatz, di il turist si per sia

wand. Der Senn schaut ihm nicht in die Augen. Mit der Zungenspitze befühlt der Zusenn die Nagelspitzen.

In der Hütte neben der Türe ist der Wasserhahn mit Betonbecken. Das Betonbecken ist tief. Der Senn pumpt die Schotte aus dem Milchkessel in das Becken. Vom Betonbecken führt die Rohrleitung unterirdisch zu den Schweinen. Nachdem der Senn angefangen hat, die Schotte runterzupumpen, ruft er zum Stall rüber, Schweine, laut und deutlich auch ein zweites Mal. Ist die ganze Schotte durch, schreit der Senn in den Brunnen hinein, fertigschluss.

Der Tourist mit Fotokamera umgehängt bleibt auf dem Betonabsatz über den Schweinetrögen stehen. Er trägt ein kariertes Kurzarmhemd und einen Tubelihut. Der Schweinehirt steigt mit zwei Eimern Pulver für die Schweine ins Schweinegehege. Die Schweine laufen dem Schweinehirten entgegen, den kennen sie, und quietschen und schreien und stossen einander weg. Soooli, hohoo, hööila. Der Schweinehirt muss sie mit den Stiefeln auf die Seite drängen. Der Tourist fotografiert, dreht sich zur Hütte, Margrit, ruft er, Margrit. Der Schweinehirt zieht den ersten Zapfen raus. Der Tourist fotografiert. Die Margrit filmt. Die Schotte läuft in den Trog ein. Der Schweinehirt geht auf die andere Seite und taucht den Arm bis zum Oberarm in die Schotte und zieht den zweiten Holzzapfen raus. Der zweite Trog füllt sich. Die Schwei-

Margrit cun caultschas cuortas e soccas cotschnas. Il purtger ligia las faschas entuorn ils stappuns e staupa ils stappuns el begl grond, per ch'ils pors hagien il suentermiezdi era aunc danvonz enzatgei.

Il tigher tegn si da frestg.

Il Fazandin stat sin in rom d'in pégn lunsch siadora culla pala enta maun. Erquicket und erfreut die leben-der Geister, stärkt und erwärmet das blöde, schwache und kalte Hirn, und legt den Durst, und legt den Durst, cantrogna el e setegn vid il best dalla plonta. Fazandin, Fazandin, reiva giu dalla plonta, reiva giu-adora, buca che ti detties aunc giu, du bist dem Tod nur einen Tod schuldig.

Il paster stat a garnugl denter la crappa el letg digl ual schigiaus ora ella spunda giusut il Sez Ner. El ha schau giu las caultschas tochen giu sillas stivlas. Cun in maun sepusa el giu vid in crap, en tschei maun tegn el rests da gasettas sblihidas. Ils tgauns sesan pazientamein sin in crap agl ur digl ual e miran giuadora ella vallada. Da lunsch ein las muntanialas d'udir. Ellas rumpan cun lur schulem la culissa da stuors che cuviera las spundas tochen vi davon tiel Péz Mundaun.

ne drängen sich an die Tröge, einige mit den Klauen in den Trögen. Hast du es drauf, bist du am filmen, Schatz, sagt der Tourist zu seiner Margrit mit Knickebocker und roten Bergstrümpfen. Der Schweinehirt bindet die Stoffbinden um den Holzzapfen und stopft den Holzzapfen ins Abflussloch, damit die Schweine auch am Nachmittag noch was übrig haben.

Trägt der Tumpiv einen Hut, wird's schön.

Der Fazandin steht auf einem Ast einer Rottanne weit über dem Boden mit der Schaufel in der Hand. Erquicket und erfreut die lebenden Geister, stärkt und erwärmet das blöde, schwache und kalte Hirn, und legt den Durst, und legt den Durst, singt er und klammert sich am Baumstamm fest. Fazandin, Fazandin, klettere vom Baum, steig hinab, nicht dass du noch hinunterfällst, du bist dem Tod nur einen Tod schuldig.

Der Kuhhirt steht breitbeinig in der Hocke zwischen den Steinen in einem ausgetrockneten Bach im Steilhang unterhalb des Sez Ner mit den Hosen bis auf die Stiefel runtergelassen. Mit einer Hand stützt sich der Kuhhirt an einem Stein ab. In der anderen Hand hält er vergilbte Zeitungsreste. Die Hunde sitzen geduldig am Rand des Baches auf einem Stein und blicken runter ins Tal.

Neblas sco batlinis memia gronds sestendan sur las collinas muntagnardas ora. Il tgamin dalla hetta dalla starlera fema. Davon hetta spel begl schai il tgaun. El begl schai la starlera. Ella streha al tgaun sul tgau vi. Il resti vid la corda da resti semuenta el vent.

Il signun tila pils tettels. Schlem spess sco pischada daguota giun plaun. Il signun scarpa si culs dents il pac. El meina la sprezza dil tettel viaden e smacca giu la sprezza. Per mintga tettel ina nova sprezza. La vacca dat davos ora, hoooohh. La vacca smeina ad el la cua entuorn las ureglias.

Cura che quei cheu ei vargau, vul il purtger in asen. Quel dueigi astgar far ir las ureglias anavon ed anavos grad sco el vegli, ed era sillas varts. In asen per propi ed in brav agen. Siu asen havess num Gustav.

Biebein ina tiarza dallas vaccas ein schetgas, di il signun al zezen. Las schetgas vegnan giun Stavonas Sut, quellas san star cheugiu. El dueigi caschar ora quei culs fumegls. Damaun vegnien quellas giu. Da miezdi portan ils fumegls pals e mogn dallas plauncas giuadora. Els svaneschan viaden egl uaul giuaden encunter Stavonas Sut, duront ch'il signun sesa en stiva davos meisa sut la platiala nera cun grev battagl, davon el in

Nebelschwaden wie übergrosse Leintücher ziehen über die Alphänge hinweg. Der Kamin der Hütte der Hirtin raucht. Vor der Hütte neben dem Brunnen liegt der Hund. Im Brunnen liegt die Hirtin. Sie streichelt dem Hund über den Kopf. Die Wäsche an der Wäscheleine bewegt sich im Wind.

Der Senn drückt die Zitzen. Schleim dickflüssig wie Butter tropft auf den Boden. Der Senn reisst die Packung mit den Zähnen auf. Er führt die Spritze in die Zitzenöffnung der Kuh und drückt ab. Für jede Zitze eine neue Spritze. Die Kuh schlägt mit dem Bein aus, hoohhh. Die Kuh jagt ihm den Schwanz um die Ohren.

Wenn das hier durch ist, will der Schweinehirt einen Esel. Der soll die Ohren nach vorne und nach hinten biegen dürfen, auf die Seiten auch. Einen schönen Esel will er, einen richtig guten und eigensinnigen. Sein Esel würde Gustav heissen.

Gut ein Drittel der Kühe haben wir galt gehen lassen, sagt der Senn zum Zusenn. Das Galtvieh kommt nach Stavonas Sut, das kann dort bleiben. Er solle mit den Hirten schauen. Morgen kommen die runter. Am Mittag tragen die Hirten und der Zusenn Zaunpfähle und Holzschlegel aus dem Stall den Hang hinunter. Sie verschwinden in den Wald Richtung Stavonas Sut, während der Senn in der Stube unter der schwarzen Kuhglocke mit schwerem Klöppel sitzt mit frisch

toc caschiel giuven e la butteglia Chianti, staunchels dil caschar.

Ella preit dalla hetta ei in isolatur tgietschen. Vid igl isolatur pendan ina giacca ed in sughet. Dapi jamnas penda la giacca vid igl isolatur davon hetta.

Els crests sur la hetta siadora sper il begl varga il tgau dil purtger ord il schach. Il paster stat el begl e scua ora il begl. Lai vegnir, di il paster e staupa il stappun ella ruosna. Sur il begl siadora ellas crestastgiet schaian schuldai en lur tenüs suentai. Els han pendiu entuorn las buis, ils helms giuaden els egls. Denteren schuldada che schai en dies ellas crestastgiet, il helm enstagl sin tgau enta maun, ils helms empleni tochen sum cun bulius ch'ei staupan lahergnond e beai e leds enina en bucca.

Gleiti vegn festivau giubileum.

La sgagia ella tschema dil pégn dat is. Il sulegl brischa giuaden sigl englar. La corna cun cruna varga si igl ault pastg. Las mustgas fan selvadi, cura ch'il catschadur tschappa la corna imposanta. Baus reivan sur il nas giu al taurtscharva, baus reivan ord las ureglias, baus e mustgas vegnan ord bucca dil taur che smar-

angeschnittenem Käse vor dem Chianti, müde vom Käsen.

In der Hüttenwand steckt ein roter Isolator. Am Isolator hängt eine Jacke und ein Seil. Die Jacke ist verstaubt. Seit Wochen hängt die Jacke am Isolator vor der Hütte.

In den Hügeln oberhalb der Hütte neben dem Brunnen ragt der Kopf des Schweinehirten mit Hut aus dem Schacht. Der Kuhhirt steht am Brunnen und putzt den Brunnen mit dem Besen. Bien, kannst aufdrehen, sagt der Kuhhirt und stopft den Zapfen in den Abfluss. Oberhalb des Brunnens zwischen den Alpenrosen liegen Soldaten in verschwitzten Tarnanzügen. Sie haben Gewehre im Anschlag, die Helme tief in den Augen. Dazwischen Soldaten, die auf dem Rücken in den Alpenrosen liegen, mit den Helmen anstatt auf dem Kopf in der Hand, die Helme bis zum Rand mit Pilzen gefüllt, die sie grölend in den Mund stopfen.

Bald wird Jubiläum gefeiert.

Der Häher in den Tannenspitzen schlägt an. Die Sonne brennt auf die Lichtung nieder. Das Geweih mit Krone ragt in den hohen Gräsern auf. Die Fliegen fliegen auf, als der Jäger den verwesenden Hirsch am mächtigen Geweih packt. Käfer laufen über den Kopf des Hirsches, klettern aus Mund und Ohren.

schescha. Il catschadur stat en schanuglias davon il taur e taglia giu il tgau al taur. Il tuffien morda ad el ella gula ed il sulegl brischa giuaden sin sia totona.

Las schetgas vegnan catschadas digl uaul giu sillas pastiras da Stavonas Sut. Il tschäncli ner trotta cullas schetgas. Il tschäncli ner dueigi star cheugiu cullas vaccas, quel vegni schon ad haver bien cheugiu, di il zezen. El seigi ussa gie puspei sauns ed ir e magliar e tgigiar possi el gie era. Il tschäncli camina sper la stgira dil Giachen.

Sut il Sez Ner ein las vaccas sternidas ellas plaun-cas sper il runal. Da l'autra vart dalla seiv da cunfin reivan ils stiarls cun lur stgellas plattas adina pli ault siadora tochen siadora sil Sez Ner. La starlera schai sper la seiv els bots cul tgaun e maglia in meil. Sper la starlera sesa il zezen e tila en ils calzers.

La miarda tacca sut las unglas. La miarda colurescha ils mauns. Il purtger emprova da schubergiar ils mauns cul barschun da stivlas. La miarda tacca ellas fauldas sco sch'ella fuss barschada en. La miarda sva-nescha pér cu la pial sesligia dils mauns. La pial se-sligia pér dils mauns, cu la stad ei vargada, sco sch'il tgierp laschass dar la pial sc'ina siarp.

Der Jäger kniet vor dem Hirsch und schneidet dem Hirsch den Kopf ab. Der Gestank beisst ihm im Rachen, und die Sonne brennt auf seinem Nacken.

Das Galtvieh wird auf die Weiden von Stavonas Sut unterhalb des Waldes getrieben. Der schwarze Schafsbock trottet mit dem Galtvieh. Der Schafsbock solle dort unten bleiben mit den Kühen, dem wird es schon gut gehen, sagt der Zusenn. Er sei ja jetzt wieder gesund, und laufen und fressen und scheissen möge er auch. Der Schafsbock läuft an der Seite der Dunklen vom Giachen.

Unterhalb des Sez Ner stehen die Kühe neben dem Skilift weit verstreut in den Hängen. Auf der anderen Seite des Zaunes klettern die Rinder mit ihren platten Glocken immer höher die Hänge hinauf bis auf den Sez Ner. Die Hirtin der Rinderalp liegt neben dem Zaun in den Alpenrosen mit dem Hund und isst einen Apfel. Neben der Hirtin sitzt der Zusenn und zieht die Schuhe an.

Der Dreck klebt unter den Fingernägeln. Der Dreck färbt die Hände. Mit der Stiefelbürste versucht der Schweinehirt, die Hände sauber zu bekommen. In den Falten klebt der Dreck, als wäre er eingebrannt. Der Dreck vergeht erst, wenn die Haut sich an den Händen löst. Die Haut löst sich an den Händen, wenn der Sommer durch ist, als würde der Körper seine Hülle abstreifen wie eine Schlange.

Il zezen stat davon il clauder da pors cul roschpieghel. El tschaghegna vi sill'Alp Tischal da l'autra vart dalla val traversa. Giusut la hetta dall'Alp Titschal ha la schuldada installau lur camp. Tschun tarnzelts ein reparti ella spunda amiez la muaglia. Giusut il Péz Titschal ei la schuldada cun uaffens ed armas da tuttas sorts. La schuldada cuora entuorn els crests e setta e scadeina entuorn ch'ei detonescha e sfracca ellas teissas sut il péz. Teschada per teschada viaden el cuolm sco sch'ei stuessen far giu il cuolm aunc avon dumengia. Davon la hetta dall'Alp Titschal stattan umens en uniformas entuorn, ils mauns a calun. Auters miran tras roschpieghels siadora els cuolms. Denter ils uniformai stattan dus cun scussals alvs tochen plaun e treis purs. Els fan smanis culs mauns, muossan inaga ensi viers il péz ed inaga engiu viers igl uaul. Agl ur digl uaul ein ils vehichels da militer. Els ein surtratgs cun blachas. Ei fuss da serrar en ils pors, di il zezen si pil purtger. El dat il roschpieghel al purtger ed envida si e fema giu ina Select.

La starlera va cun pass franc siadora sil Sez Ner. Cun mintga pass smacca ella ils mauns sillas queissas. Ella mira buca si tochen ch'ella contonscha igl um da crap. Spegl um da crap la petga da fier culs muossavia mellens e la crusch da fier. Entuorn la crusch da fier schaian e stattan ei. Ella mira da l'autra vart giuaden ella

142

Der Zusenn steht vor dem Schweinegehege mit dem Feldstecher. Er schaut rüber auf die Alp Titschal auf der anderen Seite des Seitentales. Unterhalb der Alphütte der Alp Titschal haben die Soldaten ihr Lager aufgeschlagen. Fünf Zelte in Tarnfarben stehen im Hang inmitten der Kühe. Unterhalb des Péz Titschal sind die Soldaten zu sehen mit allerhand Geräten. Sie rennen in den Hängen herum und feuern Geschosse ab, die mit lautem Krach in den Berghängen detonieren, Geschoss um Geschoss in den Berg hinein, als müssten sie den Berg abtragen noch vor Sonntag. Vor der Hütte der Alp Titschal stehen Leute in Uniformen herum, die Hände in die Hüften gestützt. Andere schauen durch Feldstecher zum Berg hinauf. Neben den Soldaten stehen zwei Männer mit hellen Schürzen und drei Bauern. Sie fuchteln mit den Händen, zeigen mal nach unten zum aufgeschlagenen Lager auf der Kuhweide, zeigen mal rauf zum Berg. Unterhalb der Hütte stehen Militärwagen am Waldrand. Die Militärwagen sind mit Tarnblachen überdeckt. Die Schweine sollte man einsperren, sagt der Zusenn zum Schweinehirten. Er reicht ihm den Feldstecher und zündet sich eine Select an.

Die Hirtin geht in gleichmässigen Schritten zum Sez Ner hinauf. Sie stützt bei jedem Schritt ihre Hände auf die Schenkel. Sie schaut nicht auf, bis sie oben beim Steinmann steht. Neben dem Steinmann ist der Eisenpfosten mit den gelben Wegweisern und auf der anderen Seite das eiserne Kreuz. Um das eiser-

Lumnezia. Ils vitgs schaian ellas spundas. Davontier Cumbel, Morissen suren, Vella, che ha duas baselgias e nua che las dunnas sesan da vart dretga en baselgia e buca ils umens.

Ella teissa portan dus giuvens umens lur montanbaics dalla teissa siadora, ils helms sin tgau, cun calzers da velo e costüm cumplet. Denteren stattan ei eri, tschentan ils montanbaics ellas crestastgiet, beiban orda bidons e hopp, si dies culs asens e vinavon dalla teissa siadora tochen si tiel spitg, nua ch'ina gruppa da Japaners stat entuorn quel che tegn ina bandiera tgietschenalv enta maun. Ils baichers portan ils baics da l'autra vart dil trutg giuadora giuaden ella Lumnezia. Pli profund ch'ei sfundran ella Lumnezia e pli pigns ch'ei vegnan. Sut il Sez Ner ell'umbriva dalla sera schai il stavel dall'Alp Sezner.

L'emprema pluna lenna ei derscha. Il signun stat culla scua da stalla ella cantunada dalla hetta. El tegn il moni dalla scua da stalla davos la secunda pluna lenna e smacca encunter il moni. Quei ei buca plunas, quellas sederschan cugl emprem vent, di el cun vusch sfurzada, ferton ch'el smacca encunter il moni.

144

ne Kreuz stehen und liegen Berggänger und Bergler. Die Hirtin schaut auf der anderen Seite runter in die Val Lumnezia. Die Dörfer liegen auf verschiedenen Höhen in den Hängen. Beim Taleingang Cumbel, dann Morissen, Vella, das zwei Kirchen hat und wo die Frauen rechts in der Kirche sitzen und nicht die Männer.

Im Stutz tragen zwei junge Männer ihre Mountainbikes dem Grenzzaun der Alp Stavonas und der Alp Prada entlang hinauf, die Helme auf den Köpfen, mit Veloschuhen und Tenue komplett. Zwischendrin bleiben sie stehen, stellen die Fahrräder in die Alpenrosen, trinken aus Bidons und hopp, auf den Rücken mit den Eseln und weiter die Hänge hinauf, bis sie auf dem Spitz ankommen, wo eine Gruppe Japaner vor der Touristenführerin mit rotem Fähnchen mit weissem Kreuz steht. Die Biker tragen ihre Bikes den steilen Hang hinunter in die Val Lumnezia. Sie werden immer kleiner, je tiefer sie in die Lumnezia gelangen. Unter dem Sez Ner auf der Lugnezer Seite liegt im Abendschatten die Alp Sezner.

Die erste Holzbeige ist gekippt. Der Senn steht mit dem Stallbesen an der Hüttenecke. Er hat den Besenstiel hinter die zweite Holzbeige gesteckt und drückt dagegen. Das sind keine Holzbeigen, die kippen mit dem ersten Wind, sagt er mit abgewürgter Stimme und drückt gegen den Stiel. Er setzt nach, setzt nach, setzt nach, bis auch die zweite Holzbeige kippt.

El smacca, smacca, smacca, tochen che era la secunda pluna sballuna.

Ils purs sesan da lavur cumina sill'alp davos meisa e beiban caffeschnaps. La plievgia petga encunter la finiastra. La brentina ei giuaden bass. Ils purs bletschs fan fem ella stiva caulda sut la platiala gronda nera che penda el cantun sur la meisa spel crucifix. Chilling of the schveinhings, di il signun, cu il purtger vegn en stiva cul ruog da caffe. Ils purs surrian ellas barbas. Ils cumbels fan retscha sin meisa ed ils tgaus ein sbassai anavon. Ils dos tier buchels, tilan ei vid las pipas e Villigers. Quels dus pors tilel jeu giu a ti dalla paga. Ils purs muentan lur tgaus vi e neu in siper l'auter sco tartarugas.

Il tschaler da caschiel ei l'olma dad in'alp, di il signun. Las magnuccas fan pluna en tschaler da caschiel sco barras d'aur. Il tschaler da caschiel ei la potenza d'in signun, di il zezen. In signun senza tschaler da caschiel ei sco in paster senza tgaun. Il paster sa, con bugen ch'il signun ha siu tschaler da caschiel. Il signun dierma cun in egl aviert.

Vi sill'Alp Titschal ei il signun ius culla brocca, ed il zezen era grad, di in pur, quels ein scappai sur notg,

Die Bauern sitzen bei der Fronarbeit auf der Alp in der Hütte um den Tisch und schlürfen Kaffee mit Enzianschnaps. Der Regen klopft gegen die Fensterscheiben. Der Nebel hängt tief. Die nassen Bauern dampfen in der Wärme der Stube unter der schwarzen Kuhglocke, die in der Ecke über dem Tisch neben dem Kruzifix mit vertrocknetem Tannenzweig hängt. Killing of the Schweinhings, sagt der Senn, als der Schweinehirt den vollen Kaffeekrug in die warme Stube trägt. Die Bauern schmunzeln hinter ihren Bärten. Sie haben die Ellenbogen dicht aneinander auf den Tisch gestützt und den Kopf nach vorne gesenkt. Die Rücken zum Buckel gebeugt, ziehen sie an ihren Pfeifen und Villiger. Die zwei Schweine ziehe ich dir vom Lohn ab, sagt der Senn. Die Bauern bewegen ihre Köpfe einander zu wie Schildkröten.

Der Käsekeller ist die Seele einer Kuhalp, sagt der Senn. Die Käselaibe lagern im Käsekeller wie Goldbarren. Der Käsekeller ist die Potenz eines Sennes, sagt der Zusenn. Ein Senn ohne Käsekeller ist wie ein Hirt ohne Hund. Der Kuhhirt weiss, wie lieb dem Senn sein Käsekeller ist. Der Senn schläft mit einem offenen Auge.

Auf der Alp Titschal ist der Senn abgehauen und der Zusenn auch grad, sagt ein Bauer, die sind über

furtibus, ils fumegls seigien stai la damaun baul tut persuls cheuvi sco senza caultschas, ils dus haluncs buca perpeis. Entgins purs hagien lu halt stuiu ir si d'alp, ed ei vegni midau giu empau. Da mesa stad seigi ei nunpusseivel dad aunc anflar persunal d'alp. Tgi smarveglia, di in auter pur e fa smanis, tier quei traliho, ha gie pli bia schuldada cheuvi che vaccas, davos mintga crap in quasi, aschia scappa la pastreglia halt. Dar rüffels, di il signun, il chef scappa mai, quei ei la pli veglia regla d'alp, quels fuss ei da pender sin plaz cumin. Sco sche nus havessen buca avunda da far sils praus, di il pur, e lu aunc il persunal d'alp che ha en viarms, igl ei buca legher.

Il sulegl ault al tschiel. Ils pors giblan e tgulan e stauschan naven in l'auter davon ils begls da pors, sco sch'ei havessen tema da buca survegnir il venter plein. Els sfundran lur nas tochen tiels egls giuaden ella scotga. Il Clemens stat sil podest da betun sur ils begls dils pors e mira cul roschpieghel vi sin l'autra vart dalla vallada, nua ch'il helicopter transportescha ils masts per la nova sutgera dil venter dil cuolm siadora. Jeu sun biars onns ora staus scolast da skis, di el si pil purtger, ed jeu mussass aunc oz a quels pegliapors nua ch'ils elefants crappan. Varga trenta onns scolast da skis, varga trenta onns. Leuvi vi Flem seigi el staus scolast da skis, hagi giu leu turists ord gl'entir mund, il pli bugen aber las Mericanaras. El hagi giu bia Me-

Nacht abgehauen, furtibus, die Hirten seien am Morgen alleine dagestanden wie ohne Hosen, von den zwei Halunken keine Spur. Hätten jetzt halt einige Bauern auf die Alp müssen und täten sich abwechseln. Mitten im Sommer sei es ja unmöglich, Personal für die Alp zu finden. Halt nicht zu erstaunen, sagt ein anderer Bauer und verwirft die Hände, bei dem Traliho, hat ja mehr Soldaten dort drüben als Kühe, hocken hinter jedem Stein, so laufen einem halt die Älpler davon. Feiglinge sind das, sagt der Senn, der Chef läuft nie davon, das ist die älteste Alpregel, hängen sollte man solche mitten auf dem Dorfplatz. Als hätten wir nicht genug zu tun auf dem Feld, sagt der Bauer, da ist man schon aufgeschmissen, wenn sogar das Alppersonal madig ist, es ist nicht lustig.

Die Vormittagssonne steht hoch am Himmel. Die Schweine vor den Schweinetrögen quietschen und drängen einander weg, als hätten sie Angst, den Bauch nicht vollzubekommen. Sie tauchen die Nasen bis zu den Augen in die Schotte. Der Clemens steht auf dem Sockel über den Schweinetrögen und schaut mit dem Feldstecher auf die andere Seite rüber, wo der Helikopter die Mastteile für den neuen Sessellift hinauf in die Hänge fliegt. Ich bin jahrelang Skilehrer gewesen, sagt er zum Schweinehirten, und ich würde es heute noch diesen jungen Schweinefängern zeigen. Über dreissig Jahre lang Skilehrer, über dreissig Jahre. Drüben in Flims sei er Skilehrer gewesen, habe dort Touristen aus der ganzen Welt gehabt, am liebs-

ricanaras. Las Mericanaras havevan bugen il Clemens. Il Clemens di, el sappi sis lungatgs. Romontsch, tudestg, talian, franzos, engles e plech. El tschontschi aber mericanisch. Il purtger catscha silla vart ils pors che scarpan vid sias caultschas. El va cul Clemens e las duas sadialas vitas da plastic anavos si tier la hetta. Lu tgau ti, di il Clemens, el stoppi ir, hagi aunc da far il tgil plein.

Tgi che di da memia schulas, a lez creschan corns, di il signun si pil purtger. Quei da far corns ei da disar giu baul, quei ei sco tier las vaccas. Has ti inaga corns, damognas buca pli schi spert naven quels. Sogn Pieder cheusi hagi en mintga cass ca plascher da quels cun corns, lez laschi en mo quels senza corns ni quels cun corns pigns.

Su la meisa dalla stiva penda il crucifix cul dasch sec. El cantun sur la meisa dalla stiva penda la platiala gronda nera cul battagl grev. Entuorn la meisa dalla stiva sesa la pastreglia. Els han pusau ils tgaus silla meisa dalla stiva e dierman. La notg ei stada cuorta. Las vaccas ein ruttas ora duas gadas ed havevan buca ruaus. Ils tiers han fatg da biestg, sco sch'ils spérts mudergiassen els. Ils tiers levan buca sequietar. Ussa ei tut ruasseivel, ussa ei tut quiet. Ina mustga sgulatscha entuorn ils tgaus dalla pastreglia.

ten aber die Mericanaras. Er habe viele Mericanaras gehabt. Die Mericanaras hätten den Clemens gerne gehabt. Der Clemens sagt, er könne sechs Sprachen. Er nimmt den Feldstecher wieder runter und schaut den Schweinehirten an. Romanisch, Deutsch, Italienisch, Französisch, Englisch und Blech. Er rede aber Mericanisch. Der Schweinehirt drängt die Schweine, die an seiner Hose reissen, auf die Seite und läuft mit dem Clemens und den zwei leeren Plastikeimern zurück zur Hütte. Lu tgau ti, sagt der Clemens, er müsse los, habe noch zu tun, lauter Scheissdreck.

Wer zu viel lügt, dem wachsen Hörner, sagt der Senn zum Schweinehirten. Das Hörnern ist früh abzugewöhnen, das ist wie bei den Kühen. Hast du mal Hörner, wirst du sie nicht mehr so schnell los. Der Petrus dort oben habe auf jeden Fall nicht Freude an den Gehörnten, der lasse nur die Hornlosen rein oder solche mit kleinen Hörnern.

Über dem Stubentisch hängt das Kruzifix mit vertrocknetem Tannenzweig. In der Ecke über dem Stubentisch hängt die schwarze Kuhglocke mit schwerem Klöppel. Um den Stubentisch sitzen die Älpler. Sie haben den Kopf auf den Tisch gestützt und schlafen. Die Nacht war kurz. Die Kühe sind ausgebrochen zweimal und hatten keine Ruhe. Die Tiere haben sich aufgeführt, als plagten sie die Geister. Die Tiere haben sich nicht beruhigen wollen.

La delegaziun da purs parchescha igl Aebi davon hetta. Il signun stat sin porta culs mauns en sac. El ha si il scussal alv. Bien di, di in pur e stenda vi il maun al signun. Il signun dat buca il maun. Il pur va sur la sava digl esch en en hetta e sper la caldera vi en stiva. Il secund pur prepara tut ella chista digl Aebi, sola scadiola, di el, salida il signun, tegn en il tgau e va en hetta. Magnucca per magnucca svanescha spel signun silla sava digl esch vi viaden ella gargatta digl Aebi, tochen ch'il tschaler da caschiel ei vits.

Ord igl uaul vegn in um cun venter blut. Si dies ha el ligiau si ina tabla da lenn gronda sc'ina portaclavau. El ha ligiau si la tabla da lenn cun sugas che las sugas smaccan en e nodan giu sil tgierp su blut. Igl um ei ligiaus vid la tabla da lenn. El camina spegl ual si-adora viers il Sez Ner. El va plaunsiu. El scarpetscha buca.

Il purtger ha il luf. Cun mintga pass brischa ei denter zac e queissa. Il luf ei zais. El ha dents sco scalgias.

Jetzt ist Ruhe, jetzt ist es still. Eine Fliege surrt um die Köpfe der Älpler.

Die Bauerndelegation fährt den Aebi rückwärts vor den Hütteneingang. Der Senn steht auf der Türschwelle mit den Händen in den Hosentaschen. Er hat die weisse Schürze umgehängt. Bien di, sagt ein Bauer und streckt dem Senn die Hand hin. Der Senn greift sie nicht. Der Bauer tritt über die Türschwelle und geht am Käsekessel vorbei in die Stube. Der zweite Bauer bereitet in der Kiste auf dem Aebi alles vor, oscha moscha, grüsst den Senn und geht in die Hütte. Laib um Laib verschwindet am Senn auf der Türschwelle vorbei in den Rachen des Aebi, bis der Käsekeller leer ist.

Aus dem Wald beim Bach kommt ein Mann mit nacktem Oberkörper. Auf dem Rücken trägt er eine Holzplatte gross wie eine Stubentüre. Er hat die Platte um den verschwitzten Oberkörper gebunden mit zwei Seilen. Der Mann ist an der Holzplatte angebunden. Die Seile drücken dem Mann in die Haut. Er läuft im steilen Hang dem Bach entlang hinauf Richtung Sez Ner. Er läuft langsam. Er stolpert nicht.

Der Schweinehirt hat den Wolf. Bei jedem Schritt brennt es ihm zwischen Hodensack und Schenkel. Der Wolf ist zäh. Er hat Zähne wie Glasscherben.

Siadora sut il Sez Ner ellas plauncas ei quel da venter blut e malegia giu crappa. Crappuna ha el malegiau sin sia tabla. Quels chinstlers ein schon buca da capir, di il signun. Han nuot meglier da far che da sesdavalar dallas plauncas siadora cun tablas sco portasclavau e malegiar giu crappa. Sch'el malegiass silmeins giu in endretg péz, fuss ei aunc da capir, aber da quei.

Las madrazzas cun sdremas, emplenidas cun strom, schaian silla tocca veglia da mobilias e sils rumians. Il fiug morda viaden ellas madrazzas. Il canister da benzin schai dus tozzels pass plinenvi el pastg. Las flommas sesaulzan siadora el tschiel dalla sera, ferton che la starlera ed il zezen schaian en clavau sin ladretsch. Igl atun stat avon porta.

Las vaccas stattan ell'umbriva agl ur dalla pastira sut ils pégns. Las vaccas sdermeinan las cuas sco scuas suls dos vi che las mustgas e bueras sgolan si e setschentan puspei sils dos, tochen che la proxima scuada vegn. Ellas scrolan ils tgaus ch'ils battagls scadeinan encunter las bransinas. Il zezen streha suls dos vi. Vid ils tettels tschetschan las mustgas e bueras il saung ord las plagas. El fruscha melcfett sils tettels allas vaccas. Las vaccas petgan cullas combas encunter ils ivers. Il tschäncli ner cul tac alv sil frunt schai sper la stgira dil Giachen. Il tschäncli ei adina entuorn la stgira dil Giachen, di il zezen, la stgira tolerescha il tschäncli.

Unterhalb vom Sez Ner in den Hängen ist der Mann mit nacktem Oberkörper und zeichnet Steine ab. Riesige Steine hat er auf seine Holztafel gezeichnet. Diese Kinstler sind schon nicht zu verstehen, sagt der Senn. Haben nichts Besseres zu tun, als sich mit Tafeln wie Stalltüren die Hänge hinaufzuquälen und Steine abzuzeichnen. Wenn er mindestens einen richtigen Berg abzeichnen würde, das wäre noch zu verstehen, aber söttigs.

Die gestreiften Matratzen mit Strohfüllung liegen auf alten Möbelstücken und auf dem Kehricht. Das Feuer beisst sich in die Matratzen. Der Benzinkanister liegt zwei Dutzend Schritte von den Flammen entfernt im Gras. Die Flammen steigen in den Abendhimmel auf, während die Hirtin und der Zusenn im Heustall auf dem Heustock liegen. Der Herbst steht vor der Tür.

Das Galtvieh ist im Schatten am Weiderand unter den Tannen. Die Kühe schlagen die Schwänze wie Besen über die Rücken, dass die Fliegen und Mücken auffliegen, sich wieder auf die Rücken setzen, bis der nächste Schwanzwisch kommt. Sie schütteln die Köpfe, dass die Glockenschwengel gegen die Glocken schlagen und die Fliegen für Augenblicke von den Kühen ablassen. Der Zusenn streicht den Kühen über die Kreuze. Er streicht dicke Schichten Melkfett auf die Zitzen, an denen die Fliegen und Bremsen das Blut aus den Wunden saugen. Die Kühe schlagen mit den Beinen gegen die Euter. Der schwarze Schafsbock

Quella sa ch'il tschäncli maglia pli pauc ch'ella. El stauscha la capiala cun ses treis dets anavos ella totona e streha al ner sul tac alv vi. Il tschäncli pren la detta dil zezen en bucca.

Igl iev el sac dallas caultschas rumpa. Il purtger auda co la crosa digl iev rumpa e senta il liquid sin sia queissa. Il liquid flessegia da sia comba giu giuaden ella stivla. El pren la crosa digl iev orda sac e fiera vi la crosa allas gaglinas.

Igl Otto ed il Vicki miran in sin l'auter. Els surrian en lur barbas. El ei igl Otto, di in al paster. L'auter di, igl Otto ei el. Il paster sa buca differenziar quels dus. Il signun di, igl Otto seigi quel che seigi na-schius cun glücshuba ed il Vicki seigi in sterncucher, quei seigi la differenza.

Il signun stat sin finiastra da sia combra ell'emprema alzada. El ha pusau ils mauns giu sil sem finiastra. Sin sem finiastra stattan ils tgaus dils geranis siadora sco microfons. Quels smaledi pors ein buca grass avunda, di el. Il purtger mira si sil signun. El ha ina cape-tscha sin tgau ed enta maun tegn el il badel. Sper el la carretta cul bratsch rut giu. Il clepper lai pender ora la lieunga e va entuorn il purtger. El catscha il nas

liegt neben der Dunklen vom Giachen. Der Bock ist immer in der Nähe der Dunklen, sagt der Zusenn, die Dunkle toleriert den Bock. Die weiss, dass der Bock weniger frisst als sie. Er schiebt den Hut mit seinen drei Fingern in den Nacken und streichelt dem Schafsbock über die Stirn. Der Schafsbock nimmt die Finger vom Zusenn in den Mund.

Das Ei in der Hosentasche zerbricht. Der Schweinehirt hört die Schale brechen und spürt die Flüssigkeit auf seinem Schenkel. Die Flüssigkeit fliesst an seinem Bein herunter bis in den Stiefel. Er holt die Eierschale aus seiner Hosentasche und wirft sie den Hühnern hin.

Der Otto und der Vicki schauen sich an. Sie grinsen in ihren Bärten. Der Otto ist er, sagt der eine zum Kuhhirten. Der andere sagt, der Otto ist er. Der Kuhhirt kann die zwei nicht unterscheiden. Der Senn sagt, der Otto sei mit Glückshaube geboren und der Vicki sei ein Sterngucker, das sei der Unterschied.

Der Senn steht am Fenster seines Zimmers im ersten Stock und stützt die Hände auf dem Fenstersims ab. Auf dem Fenstersims stehen die Geranienköpfe hoch wie Mikrofone. Die Drecksschweine sind nicht fett genug, sagt er. Der Schweinehirt schaut zum Senn hoch. Er hat den Hut im Nacken und die Mistschaufel in der Hand. Der Lappi läuft mit heraushängender Zunge um den Schweinehirten herum und drückt ihm

denter comba al purtger. Mira aber hurti ch'ils pors rumpien buca ora. Aber ti audas buca, ti tgaulenn, ti has cac ellas ureglias. Il clepper sgrata culla toppa vid la comba dil purtger. Il purtger semeina e va vi tiel clauder dils pors. Quels van memia bia entuorn, cloma il signun suenter ad el. Quels astgan buca ir entuorn ton, schiglioc san ei gie buca far prova, quei ei buca ina tratga da pors da cuorsa, quels han da star en lur clauder e vegnir bials grass, per quei ein quei gie cheu, capiu.

Ord las cuas dallas vaccas savess ins far peruccas. Ord ils dentsvacca nuvs ed ord la pial giaccas da curom. Ord ils ivers etgs e truschas encunter la vegliadetgna ed ord ils corns arvabutteglias. Ord ils ivers savess'ins vinavon far vons nobels ed ord las lieungas tastgas da maun. Ord las greflas tschaduns da calzers ed ord il rest puorla pils pors.

La butteglia blaua da gas penda en stiva vid la cadeina da vaccas vid il plantschiu su. Ella dat tuttenina giu, cu il Georg stat sut la lampa. La canta sut dalla butteglia da gas ha scarpau al Georg la crutscha ord stalla ed ha tagliau dapart fin schuber sia scadiola. Il Georg stat pallids en stiva cul det ella manetscha dalla mesa scadiola. Davon el giun plaun la butteglia blaua da gas ed il pultaun da caffe. Davos meisa il pugn plein purs cullas reuflas lunsch aviartas sco sche Gott höchstpersönlich stess davos quei cumplot.

seine Nase zwischen die Beine. Sorg dafür, dass die Schweine nicht ausbrechen. Aber du hörst nicht, du Holzkopf, hast Mist in den Ohren. Der Lappi kratzt mit der Tatze am Hosenbein vom Schweinehirten, der sich vom Fenster abwendet und zum Schweinegehege geht. Die laufen viel zu viel herum, ruft der Senn ihm nach. Die dürfen nicht herumlaufen, sonst können sie ja nicht ansetzen, das ist keine Rennschweinezucht, die sollen im Gehege hocken und schön fett werden, dafür sind die da, capiu.

Aus den Kuhschwänzen könnte man Perücken machen. Aus den Kuhzähnen Knöpfe und aus der Kuhhaut Lederjacken. Aus den Eutern Salben gegen das Altern und aus den Hörnern Flaschenöffner. Aus den Eutern zudem Edelhandschuhe und aus den Zungen Handtaschen. Aus den Klauen Schuhlöffel und aus dem Rest Futtermehl für die Schweine.

Die blaue Gasflasche hängt in der Stube an der Kuhkette von der Decke. Sie fällt plötzlich herunter, als der Georg unter der Lampe steht. Die Unterkante der Gasflasche hat dem Georg die Krumme aus dem Stall gerissen und seine Tasse fein sauber auseinander geschnitten. Der Georg steht bleich in der Stube mit dem Finger im Tassenhenkel an der halben Tasse. Vor ihm auf dem Boden die blaue Gasflasche in der Kaffeelache vor der Bauernschar, die unbewegt auf ihren Schenkelknochen sitzt, die Heuklappen auf-

Il zezen stat en stiva e ferma la carta cun ina stitgetta vid la preit sper la cornatscharva. La carta penda sur las duas cartas che pendan gia dapi jamnas. Davon silla carta in marcau sper la mar. Il sulegl va da rendiu. El dat gest aunc las davosas avon che svanir davos il horizont giu. Agl ur stat scret cun bustabs colurai: Saludos de España. Il purtger pren ora la stitgetta e pren la carta giud la preit da lenn. El legia atras la carta, sco gia tschellas duas, e penda puspei la carta vid la preit. El mira ch'el fori la stitgetta tras la ruosna ella carta.

Neblas stgiras ein setratgas si. Ei rampluna. Cametgs dattan en. El pastg, nua che la seiv cala, schaian ils palsseiv, la sadiala da plech culs isolaturs, il scav cul fildirom, il mogn. Ils fumegls sesan davos in crap, cura che la garniala sfracca tras la vallada.

Il Georg ha sittau a sesez viaden el pei, di il Giachen cul schnupftubac sil dies dil maun. Il Georg ha vuliu far star in cunegl, culla buis da catscha bassa, enstagl da, cracs, semplamein sfraccar il cnic al hutsch. El tila si il tubac, buah, streha culla mongia sul nas vi. Quel ha tschappau il cunegl per las ureglias, ha serrau el denter la schanuglia, teniu il lauf dalla buis davos las

geschlagen, als stünde Gott persönlich hinter dem Komplott.

Der Zusenn steht in der Stube und befestigt mit einem Reissnagel neben dem Hirschgeweih die Postkarte unter den anderen zwei, die bereits seit Wochen hängen. Vorne auf der Karte das Städtchen am Meer im Abendlicht. Die Sonne steht knapp über dem Horizont am Bildrand. Am unteren Bildrand steht in farbigen Buchstaben: Saludos de España. Der Schweinehirt nimmt die Karte von der Holzwand. Er liest sie durch, wie die anderen auch schon, und hängt sie wieder zurück an die Wand. Er achtet dabei darauf, dass er den Reissnagel am richtigen Ort durch die Karte steckt.

Am Himmel sind dunkle Wolken aufgezogen. Es donnert. Blitze gehen nieder. Im Gras, wo der Zaun endet, liegen die Holzpfähle, der Eimer mit Isolatoren, die Haspel mit dem Draht, der Holzschlägel. Die Hirten sitzen hinter einem Vorsprung, als das Gewitter durch das Tal kracht und der Hagel einsetzt.

Der Georg hat sich in den Fuss geschossen, sagt der Giachen mit dem Schnupftabak auf dem Handrücken. Der Georg hat ein Kaninchen erledigen wollen, mit dem Niederjagdgewehr, anstatt dem Drecksvieh, cracs, einfach das Genick zu brechen. Er zieht den Schnupftabak hoch, buah, streicht sich mit dem Ärmel über die Nase. Der hat das Kaninchen an den

ureglias e pamf. El tila il fazalet da nas ord sac dallas caultschas. Cheu ha il cunegl era aunc smarvegliau.

Il piertg ballontscha. Il piertg cupetga. Il piertg ha survegniu pier. G'emprem ha el buca vuliu, lu ha el buiu giuaden l'entira butteglia. Il piertg stat puspei si e dat lu da leuvi.

Ussa ch'il luf ei puspei dentuorn, di il Gieri Blut, fuss ei era aunc grad da trer a nez quei. La coga pon ins gie buca tier, ed era sch'ins pudess tier il hutsch, cun far giu pläzlis exquisit fuss ei matei era buca fatg. Tgi magliass schon da quei, ozendi maglian ei gie quasi mo da quei orda labors. Aber enstagl da far il pur e survegnir dies gob fuss tuttina dad ir suenter al luf. Rimnar ensemen il cac dil luf e far giu en cuppas da conserva, si cun ina biala etichetta cun in stupent maletg e vender car e bein giu els museums. Quei seigi im prinzip gie grad quei che quels chinstlers fetschien. Lu fuss ei fertic cun stivlas neras e praus plein crappa.

La vacca dil Gaudenz ei naschida el falliu tgierp. Sia altezia dalla schuiala varga claramein si l'altezia dalla schuiala da tschellas vaccas e la butschida culla cua scursanida ei memia lada per ina vacca brina. Il frunt

Ohren gepackt, es zwischen die Knie geklemmt, das Gewehr hinter den Ohren angesetzt und pamf. Er holt seinen Rotzlumpen aus der Hosentasche. Da hat das Kaninchen auch noch gestaunt.

Das Schwein torkelt. Das Schwein fällt hin. Das Schwein hat Bier bekommen. Zuerst hat es nicht wollen, dann hat es die ganze Flasche ausgetrunken. Das Schwein steht auf und fällt wieder hin.

Jetzt, da der Wolf wieder durch unsere Wälder streift, sagt der Gieri Blut, müsste man das grad ausnützen. Den Coga erwischt man ja nicht, und auch wenn man ihn erwischen würde, mit Plätzlis draus machen und teuer verkaufen wäre es wohl auch nicht getan. Wer würde das denn schon essen, heutzutage essen die Leute ja fast nur noch solches aus Labors. Aber anstatt zu bauern und einen krummen Rücken zu bekommen, müsste man halt trotzdem dem Wolf nachgehen. Scheissdreck vom Wolf zusammensammeln und in Konservenbüchsen abfüllen, eine schöne Etikette drauf mit einem stupenden Bild, gell, und teuer an die Museen verkaufen. Das sei im Prinzip ja genau das, was diese Kinstler machen würden. Dann wäre fertig mit Stallstiefeln und Feldern voller Steine.

Die Kuh vom Gaudenz ist im falschen Körper geboren. Ihre Schulterhöhe überragt die der anderen deutlich, und die Hüfte mit dem verkürzten Schwanz ist zu breit für ein Braunvieh. Die Stirn ist zu tief und

ei memia bass ed il tgau ei memia lads, persuenter ein las ureglias memia pintgas. Quella ei pli fetg taur che vacca, di il signun, ed agressiva ei la portga era. Persuenter survegn ella il cranz dalla pugniera, sco mintg'onn.

Sch'ei plova, tgagian las vaccas meglier, di il Giosch. Il Clemens ri.

Il zezen sesa sin terrassa dall'ustria Vali cun ina Calanda. La Calanda ei tievia. Las sutgeras reivan dil cuolm siadora. Il zezen ha cruschau las combas sin ina sutga e mira siadora viers il péz. La cameriera cun costüm porta ils tagliors bials garni viadora als hosps silla terrassa. Vid la rama digl esch pendan las cartas postalas cun si cuolms e vals e vaccas e geranis per in franc il toc. Il zezen vesa dalla terrassa anora, co il vent catscha il sac da truffels d'in signun vid il glaitschirm lunsch sper l'ustria giu. Oscha dai aunc in pier, sche ti fas schi bien, di il zezen. Las neblas stgiras pendan lunsch siadora ella Surselva e catschan plaun plaunsiu dalla vallada giuadora. Las bandieras vid las petgas davon l'ustria sgulatschan el vent.

Igl aug dil Vicki e digl Otto seigi si'entira veta quasi mai vegnius ord siu uclaun entadem la Lumnezia, di il Gieri Blut. Sch'ei mondi bein seigi el insumma mai vegnius ord la vallada. Tochen ch'el seigi, gia sur sia-

der Kopf zu breit, dafür sind die Ohren zu klein. Die ist mehr Stier als Kuh, sagt der Senn, und aggressiv ist sie auch. Dafür bekommt sie den Kranz der Pugniera, der stärksten Kuh, wie jedes Jahr.

Wenn es regnet, scheissen die Kühe besser, sagt der Giosch. Der Clemens lacht.

Der Zusenn sitzt auf der Terrasse des Restaurant Wali vor einem Calanda. Das Calanda ist lauwarm. Der Zusenn hat die Schuhe auf einem Stuhl überkreuzt und blickt Richtung Bergspitze. Die Sessellifte klettern den Berg hoch. Die Kellnerin in Tracht trägt die schön angerichteten Teller aus dem Restaurant zu den Gästen auf der Terrasse. Am Türrahmen im Kartenhalter stecken die Postkarten mit Bergen drauf und Tälern und Kühen und Geranien für einen Franken das Stück. Der Zusenn sieht von der Terrasse aus, wie der Wind den Kartoffelsack von Senn am Gleitschirm vom Bergrestaurant abdrängt. Noch ein Bier bitte, sagt der Zusenn. Die Gewitterwolken hängen tief in der oberen Surselva und treiben langsam das Tal hinunter. Die Fahnen an den Stangen vor dem Restaurant flattern im Wind.

Der Onkel vom Otto und vom Vicki sei sein ganzes Leben lang in seinem Weiler ganz hinten im Tal geblieben, sagt der Gieri Blut. Der sei vermutlich nie aus dem Weiler raus. Bis er, da sei er schon über sech-

tonta, ius siadora sil péz il pli ault siadora sul vitg siaden ed hagi mirau sur cuolms e vals. Quel seigi buca pli vegnius ord il mirar. Jau, ei il mund gronds, hagi el detg.

Sil péz dil Sez Ner stat igl um da crap. El venter digl um da crap ei il cudisch.

In um sesa silla terrassa dall'ustria. Enta maun tegn el ina carta postala. Äs isch scho schön i da Bärga, di el. I da Bärga isch äs uhh schön, di sia dunna e schubregia il spieghel. Dä Härr Schlüssel hät au gsait, i da Bärga sigis schön.

Pli baul era quei aunc auter. El mondi toch buca tochen ora Glion, nua ch'ins stoppi ligiar si cravattas e seser sin polsters da curom. Pli baul era quei aunc auter. Lu survegnevas ti ell'ustria in pier per dus e miez e si egl emprem stoc in per tschuncontadus e miez.

Il vegliuord ha piars sias marcas. Las marcas pendevan vid siu cularin. Las marcas vesevan ora sco medaglias. Ina medaglia per mintga stad ad alp.

Il signun ei en stiva e strubegia vid il radio cull'antenna rutta. Ramurar, aur en Surselva, ramurar, strubegia vinavon, ramurar. Perscrutaziuns hagien cumprovau, ramurar, tiegl exteriur, ramurar. Cheu vegn la

zig gewesen, auf den Hausberg rauf sei und geschaut habe über die Täler und Berge. Der sei nicht mehr aus dem Staunen rausgekommen. Jau, ist die Welt gross, habe er gesagt.

Auf der Spitze des Sez Ner steht der Steinmann. Im Bauch vom Steinmann steckt das Buch.

Ein Mann sitzt auf der Terrasse des Bergrestaurants. In der Hand hält er eine Postkarte. Es ist schon schön in den Bergen, sagt er. In den Bergen ist es uhh schön, sagt seine Frau und putzt die Brille. Der Herr Schlüssel hat auch gesagt, in den Bergen sei es schön.

Früher ist das noch anders gewesen. Er fahre doch nicht bis nach Ilanz, wo man eine Krawatte umhängen und auf Lederpolstern sitzen müsse. Früher ist das noch anders gewesen. Da habe man in der Beiz ein Bier für zwei fünfzig bekommen und im ersten Stock eins für zweiundfünfzig fünfzig.

Der Graue hat seine Marken verloren. Die Marken waren an seinem Halsband festgemacht. Die Marken sahen aus wie Medaillen. Eine Medaille für jedes Alpjahr.

Der Senn steht in der Stube am Fenster und dreht am Radio mit geknickter Antenne. Rauschen, Gold in der Surselva, Rauschen, dreht weiter, Rauschen, Untersuchungen hätten ergeben, Rauschen, zum

capiergna. El fa quescher il radio, va ord stiva e sbatta igl esch. Dalla finiastra dalla stiva anora vesa il zezen co il clepper scappa. Il signun va suenter ad el culla pala tras puoz e pultaun e stat eri davon il clauder dils pors. El pusa il moni dalla pala ella foppa dil bratsch.

Cu las vaccas ein suenter mulscher silla pastira da notg ein ils fumegls davos stalla. Il paster sesa sin ina ballastrom e sepusa encunter la preitlenn. Enta maun ha el ina scatla da zulprins. Il purtger sesa silla platta da betun e streha al tigher sur las sdremas vi. Els audan co il clepper tgula. Ina secunda gada. Cura ch'els vegnan davos la cantunada neu si davos hetta, pusa la pala encunter la pluna lenna.

Il turist damonda il purtger, sch'el sappi buca star in tec pli anavon, per ch'el hagi si el. El dueigi toch semplamein star vi in tec, in tec plinenvi, in tec vi tiels pors, aschi anavon sco pusseivel, sche pusseivel aunc plinenvi gest vi spels pors, forsa aunc strehar ad in sul tgau giu ni sul dies vi, lu sappi el far ina fota cun el ed ils pors davon la culissa muntagnarda, quei fussi propi bi.

Il zezen legia en siu cudisch. Avon enzacons decennis eran nossas pleivs romontschas cun paucas excepziuns pleivs purilas, stat scret el cudisch, ozendi seigi quei buca pli il cass. Il vent fila sur las cuppas giuaden.

Ausland, Rauschen. Da kommt er, der Teufelsköter. Er würgt das Radio ab, geht zur Stube hinaus und schlägt die Türe zu. Vom Stubenfenster aus sieht der Zusenn, wie der Lappi davonrennt. Der Senn läuft mit der Schaufel durch die Pfützen nach vorne zum Schweinegehege. Er bleibt stehen und stützt den Schaufelstiel in die Achselhöhle.

Nach dem Abendmelken sind die Hirten hinter dem Stall. Der Schweinehirt sitzt auf dem Strohballen mit dem Rücken gegen die Stallwand. In der Hand hat er einen Stein. Der Kuhhirt sitzt auf dem Betonabsatz und streichelt dem Tiger übers Fell. Sie hören den Lappi aufjaulen, ein zweites Mal. Als sie hinter der Hütte ankommen, lehnt die Schaufel an der Holzbeige.

Der Tourist fragt den Schweinehirten, ob er ein bisschen weiter nach vorne stehen könne, damit er ihn drauf habe. Er solle doch einfach ein bisschen zu den Schweinen stehen, möglichst weit vorne, möglichst nahe an den Schweinen, vielleicht noch einem über den Kopf streicheln oder über den Rücken, dann könne er ein Foto mit ihm und den Schweinen vor der Bergkulisse machen, das wäre wirklich schön.

Der Zusenn liest in seinem Buch. Vor einigen Jahrzehnten waren unsere romanischen Kirchgemeinden mit wenigen Ausnahmen Bauerngemeinden, steht im Buch, heutzutage hat sich das geändert. Der Wind

Il di ei senza nibels. Il zezen sfeglia. La greva dis-grazia, succedida la stad vargada sin l'Alp d'Andiast, nua ch'il cametg ha sturniu il signun e 14 vaccas, ha puspei inaga admoniu nus da mintg'onn rugar instantamein il Segner ch'el pertgiri nossas alps da disgrazias.

Il paster stat en stiva e taglia tschaguolas. Las tscha-guolas brischan els egls. Davos el sper la camoda spegl esch stattan il Toni Liung ed il signun. Il Toni Liung ha enta maun in telefon ner grond sc'in paun franzos. Quei ei in Natel B, di el al signun che stat sper el culs mauns a calun e mira sigl utschac ner. Duas minutas sas telefonar cun quel, di il Toni Liug, aschia stos ti buca ir giu el vitg, sch'igl ei enzatgei, bein practisch.

Il zezen sesa sin tualetta culla brev enta maun. La cu-viarta dalla brev culla marca jastra schai giun plaun. Sch'il zezen sto patertgar suenter, sesa el il pli bugen sin tualetta. El legia aunc inaga atras la brev ord il jester.

Il telefon schai quater jamnas silla camoda e fa buca pip. Il Toni Liung vegn treis gadas sperasvi, di, el capeschi era buca, daco che quei toc dil huz func-ziuneschi buca, strubegia entuorn e drezza ora, so,

fegt über die Schweinerücken. Der Tag ist wolkenlos. Der Zusenn blättert. Das schwere Unglück, das letztes Jahr auf der Alp von Andiast passiert ist, wo der Blitz den Senn und 14 Kühe erschlagen hat, hat uns wieder einmal gewarnt, jedes Jahr flehentlich den Allmächtigen zu bitten, dass er unsere Alpen vor Unglück hüte.

Der Kuhhirt steht in der Stube am Tisch und schneidet Zwiebeln. Die Zwiebeln brennen in den Augen. Hinter ihm stehen der Toni Liung und der Senn neben der Türe bei der Kommode. Der Toni Liung hält ein schwarzes Telefon gross wie ein Ruchbrot in der Hand. Das ist ein Natel B, sagt er zum Senn, der neben ihm steht mit den Händen in die Hüfte gestützt und auf das Telefon schaut. Zwei Minuten kannst du mit diesem telefonieren, sagt der Toni Liung, so musst du nicht ins Dorf runterfahren, wenn was ist, ganz praktisch.

Der Zusenn sitzt auf der Toilette mit einem Brief in der Hand. Der Briefumschlag mit der fremden Briefmarke liegt auf dem Boden. Wenn der Zusenn nachdenken muss, sitzt er am liebsten auf der Toilette. Er liest den Brief aus der Fremde nochmals durch.

Das Telefon liegt vier Wochen lang auf der Kommode und macht keinen Piep. Der Toni Liung kommt dreimal vorbei, sagt, er verstehe auch nicht, warum das verdammte Teil nicht tue, schraubt herum und rich-

ussa duess el puspei funcziunar. Il telefon schai davon hetta ella miarda. Leu schai el tochen che la stad ei vargada.

L'Alp Nova, quei ei ina alp moderna, di il signun. Quels han lingias da latg naven dallas maschinas da mulscher direct vi en hetta ella caldera. Quell'alp du-mignassen nus en treis, di el si pil zezen. Il zezen mira buca si. In che schubergiass las stallas ed il plaz, che mass cullas vaccas e fagess las seivs, in endretg fumegl che savess era mulscher. El staupa tschadun per tschadun da sia buglia da latg en bucca. E nus dus en hetta. Quei ei in'alp moderna, quell'Alp Nova. Buca sco cheu, nua ch'ins drova da quels che portan latg e laian dar mintg'auter di miarda ella caldera. Lingias da latg, quei va rassic. Jeu caschass, ti fagesses il rest.

Il signun ha saung sils calzers.

Il pli entadem stalla da vart dretga ei la vacca dil Gieri Blut. Ella ha cornuna, bein formada, ils pézs flot in ord l'auter, guess la pli gronda corna dall'entira muaglia. Ella ha in zacher iver che tonscha quasi to-chen giun plaun, che streha sur las crestastgiet vi cu ella va dalla pastira si. Ina vacca da num e pum, di il zezen, cu ti vesas co ella vegn dil plaz neu, ina gran-de dame, in tschaffen, cu ella cumpara e ballucca la bransina gronda sul plaz vi, il nas adina bi ad ault.

tet aus, soli, jetzt sollte es wieder funktionieren. Das Telefon liegt vor der Hütte im Dreck. Dort bleibt es bis der Sommer durch ist.

Die Alp Nova, das ist eine moderne Alp, sagt der Senn. Die haben Abzugsleitungen, da geht die Milch direkt von der Melkmaschine in den Milchkessel rüber. Die Alp würden wir zu dritt schaffen, sagt er zum Zusenn, der nicht aufschaut. Einen, der die Ställe und den Platz putzt, mit den Kühen geht, die Zäune macht, einen richtigen Hirten, der auch melken kann. Er stopft sich Löffel um Löffel von dem Milchbrei in den Mund. Und wir zwei in der Hütte. Das ist eine moderne Alp, diese Alp Nova. Nicht wie hier, wo man solche braucht, die die Milch tragen und jeden zweiten Tag Dreck in die Milch fallen lassen. Abzugsleitung, das geht rassig. Ich würde käsen, du machst den Rest.

Der Senn hat Blut an den Schuhen.

Ganz hinten im Stall steht die Kuh vom Gieri Blut. Sie hat mächtige Hörner, schön geformt, breit angesetzt, vielleicht die grössten Hörner der ganzen Herde. Sie hat ein üppiges Euter, das beinahe bis zum Boden reicht, das beim Laufen an den verwelkten Alpenrosenstauden ankommt. Ein Prachtstier, sagt der Zusenn, wenn du es von weitem über den Platz kommen siehst, eine Grande Dame, eine Freude, wenn sie auftaucht und die grosse Glocke über

El streha alla vacca cul maun plat sul venter en. Ina vacca da camifo, di el. Mo latg, latg dat ella halt buca farruct, silpli duas scadiolas da caffe per di, aber buca dapli.

Las muntanialas schulan e svaneschan en lur ruosnas. Il vent porta il schulem tras las plauncas. Lunsch si-adora fa il girun ses rudials. Il catschadur spetga davos ils crests. Ieli muntaniala seigi pura medischina, di il Giosch, cheu detti ei nuot meglier. Ieli muntaniala seigi schi fin, quei mondi atras il maun.

Il signun dall'Alp Prada, maghers e gronds, vegn en stiva cun in toc caschiel. Ora avon ha il di stuiu ceder alla notg e da lunsch ein las bransinas dallas vaccas d'udir. Sin meisa ardan las candeilas. Davon hetta arda il fiug. Il zezen ed ils fumegls sesan sin crappa entuorn il fiug entamiez la pastreglia dall'Alp Prada. Quels dalla Prada dattan in a l'auter las butteglias e strubegian dapli cigarettas che quei ch'ei dian. Seid doch noch gekommen, di il signun dalla Prada si pil signun, quels dall'Alp Naul e dall'Alp Nova hagien detg ch'ei vegnien lu era aunc. Il signun taglia giu in toc caschiel, morda giu, dat il tgau, duront ch'il si-gnun dalla Prada va vi begl per las butteglias pier.

den Platz trägt, die Nase immer hoch getragen. Er fährt der Kuh mit der flachen Hand über den Bauch. Eine Kuh wie sie im Buche steht, sagt er. Nur Milch, Milch gibt sie nicht verrückt viel, zwei Kaffeetassen pro Tag vielleicht, aber nicht mehr.

Die Murmeltiere pfeifen und verschwinden in ihre Löcher. Der Wind trägt das Pfeifen über die Hänge. Hoch oben zieht der Bussard seine Kreise. Der Jäger lauert hinter den Hügeln. Murmeltieröl ist pure Medizin, sagt der Giosch, da gibt es nichts Besseres. Murmeltieröl sei so dünn, das gehe durch die Hand durch.

Der Senn der Alp Prada, schmächtig und gross gewachsen, trägt ein Stück Käse in die Stube. Draussen ist die Nacht angebrochen, von weitem sind die Kuhglocken zu hören. Auf dem Tisch brennen Kerzen. Vor der Hütte brennt ein Feuer. Der Zusenn und die Hirten sitzen um das Feuer inmitten der Älpler der Prada, die sich die Flaschen weiterreichen, die mehr Zigaretten drehen als sie reden. Seid doch noch gekommen, sagt der Senn der Prada zum Senn, die von der Alp Naul und der Alp Nova würden auch noch kommen. Der Senn schneidet ein Stück Käse ab, beisst rein, nickt, während ihm der Senn der Prada eine kalte Bierflasche reicht, die er im Brunnen gekühlt hat.

Il purtger sesa culs auters entuorn il fiug davon hetta. La pastreglia dall'Alp Prada tschontscha sco stampau e dat al purtger la cigaretta rulada a maun. La jarva sgara el culiez e gusta dultsch. Il purtger ha schi grevs dents. E mal il tgau dat quei era. Il mal il tgau sto vegnir dils dents grevs. Ord tgamin vegnan elefants alvs.

Sur la muaglia siaden sil Sez Ner stat il Fazandin. El ha pusau la pala encunter igl um da crap. La nebla sesligia plaunsiu. Il Fazandin stat sper la crusch e tegn in crap pli gronds che siu tgau sur siu tgau.

Il moni dil badel ei ruts dapart. Igl Alig ei ius surora cul Rapid. Sil moni dil badel ei la roda dil Rapid nudada giu. Il purtger tacca ensemen il moni cun klepband. Il purtger ei la cuolpa, di igl Alig si pil signun. Igl Alig ei la cuolpa, di il purtger si pil tgaun.

Il docter Stössel vegn, di il zezen. Il docter Stössel va cun Porsche. Ins auda el gia daditg avon ch'el vegn entuorn la curva. El catscha dalla via d'alp siadora e davos hetta vi sco sch'el havess rachetanatrib. Il docter Stössel stat giu ella sola dalla vallada. Sia casa ei tut persula egl uaul. Dil docter Stössel san ins mo ch'el ei in docter pensiunau si dalla Bassa e ch'el va cun

Der Schweinehirt sitzt mit den anderen Älplern um das Feuer vor der Hütte. Die Älpler der Alp Prada reden Hochdeutsch und reichen dem Schweinehirten die selbstgedrehte Zigarette. Das Kraut kratzt im Hals und schmeckt süsslich. Der Schweinehirt hat so schwere Zähne. Und Kopfweh gibt das auch. Das Kopfweh muss von den schweren Zähnen kommen. Aus dem Kamin steigen weisse Elefanten.

Oberhalb der Herde auf dem Sez Ner steht der Fazandin. Er hat seine Schaufel gegen den Steinmann gelehnt. Der Nebel verzieht sich langsam. Der Fazandin steht neben dem Kreuz auf einem Stein und hält über seinem Kopf mit gestreckten Armen einen Stein grösser als sein Kopf.

Der Stiel der Mistschaufel ist auseinandergebrochen. Der Alig ist mit dem Rapid drübergefahren. Auf den Stielteilen sind noch die Abdrücke zu sehen. Der Kuhhirt klebt den Stiel mit Isolierband zusammen. Der Kuhhirt ist schuld, sagt der Alig zum Senn. Der Alig ist schuld, sagt der Kuhhirt zum Hund.

Der Doktor Stössel kommt, sagt der Zusenn. Der Doktor Stössel fährt einen Porsche. Man hört ihn lange bevor er um die Kurve biegt. Als hätte er Raketenantrieb jagt er die Alpstrasse hinauf und hinter der Hütte durch. Der Doktor Stössel wohnt unten in der Talsohle im Wald. Sein Haus steht abgelegen. Vom Doktor Stössel weiss man nur, dass er ein pen-

Porsche. Ils catschadurs han buca bugen il Stössel. Il Stössel seschlueta duront catscha pigl uaul entuorn alla tscherca dils catschadurs. Ina baracca dil cor hai jeu quasi giu, di il catschadur, giu egl uaul ei quei stau. El stevi sin post davos ina cuscha e tuttenina seigi il docter Stössel vegnius davon el ord la buglia. El hagi tertgau, il ner sez vegni ussa per el suenter tut quels puccaus. Tut bluts e cuvretgs cun buglia da sum tochen dem, sil bruscht in pugn plein palegna grischa ed ina barbuna tochen sut il culiez, seigi el staus davon el ed hagi burlau sc'in taurtscharva. Il roschpieghel hagi el schau scher ella bahuta, quei hagi el lu sefatg en pér suenter. Varga treitschien hagi el pagau per quel.

Sin clavau spel ladretsch ei ina chista da lenn. En quella chista havess in fumegl plaz. La chista ei serrada cun in mischloss. La chista selai buca arver, ils fumegls han empruau pliras gadas. Silla chista ei la cefra 41 nudada si cun ner. Ella chista havessen dus tgauns plaz ni in fumegl.

Il schlauch da stalla ha tschun ruosnas. Las ruosnas ein schi finas sco pastgs. L'aua smacca tras las ruosnas. Igl atun daguota l'aua tras las ruosnas. Igl atun ei il druc dil schlauch da stalla fleivels. Il signun vul buca arver pli fetg la spina dad aua. Nus havein gie sezs strusch avunda aua en hetta, di el. Igl atun ei l'aua cnap, las scuas duvradas si, ils barschuns sgarai

sionierter Doktor aus dem Unterland ist und dass er einen Porsche fährt. Die Jäger mögen den Stössel nicht. Er schleicht in der Jagdzeit durch den Wald und stöbert die Jäger auf. Eine Herzbaracke habe ich fast gehabt, sagt der Jäger, unten im Wald ist das gewesen. Der Doktor Stössel sei plötzlich vor ihm aus dem Schlamm gestiegen. Er habe gedacht, der Teufel selbst hole ihn jetzt. Schlammverschmiert mit seinem grauen Bart und grauem Busch auf der Brust sei er nackt vor ihm gestanden und habe gebrüllt wie ein Hirsch. Den Feldstecher habe er liegen lassen im Zeugs, das habe er dann später gemerkt. Über drei-hundert habe er bezahlt für diesen.

Im Heustall neben dem Heuboden ist eine Holzkiste. In dieser Kiste hätte ein Hirte Platz. Die Kiste ist verschlossen mit einem Schloss. Das Schloss lässt sich nicht aufbrechen, die Hirten haben es mehrmals ver-sucht. Auf der Kiste ist die Zahl einundvierzig drauf-gemalt mit schwarzer Farbe. In der Holzkiste hätten zwei Hunde Platz oder ein Hirt.

Der Stallschlauch hat fünf Löcher. Die Löcher sind so dick wie Grashalme. Das Wasser drückt durch die Lö-cher. Im Herbst tropft das Wasser durch die Löcher. Im Herbst ist der Strahl vom Stallschlauch schwach. Der Senn will den Wasserhahn für den Stall nicht auf-drehen. Wir haben ja selber kaum genug Wasser in der Hütte, sagt er. Im Herbst ist das Wasser knapp,

atras e la grascha tacca vid las mattas da gummi silla punt dalla stalla. Quei vegn mintg'onn mender, di il signun. Gl'unviern negina neiv e la stad negin'aua. Sche quei va vinavon aschia ves'ei gleiti ora cheu sco a Marocco.

La dumengia ha ei da veser ora cheu picobello, di il pur dalla delegaziun da purs. Sche pusseivel duei la muaglia star pli ditg sillas pastiras, per che la societad da fiasta sappi festivar cheu da camifo il giubileum. El reiva sur la seiv da lenn en e vegn sul plaz vi neu tiel begl. Il signun trotta suenter ad el sc'in tgaun dad alp. Jeu procurel lu schon, di il signun. Sin dumengia dueigi ei gie puspei far bi, di il pur cura ch'el stat sil sochel da betun sul clauder dils pors. Aber quels cheu, quels toffan. Quei va naturalmein buca, quels ston naven, sche glieud impurtonta ei dentuorn. Has udiu, di il signun si pil purtger che stat cun duas sa-dialas cun puorla pils pors denter ils begls dils pors.

Davos stalla sil prau da fein tschentan ils purs si ils bauns. Ils bauns vegnan tschentai si en quater re-tschas davon il podest. Vid il podest cul pult pendan las bandieras gia, la svizra, la grischuna, la bandie-ra da vischnaunca. La damaun ei clara, aunc tscheu e leu enqual nibel. Dalunsch aud'ins il bim bam, bim bam.

die Besen verbraucht, die Bürsten durchgefegt und der Mist klebt an den Gummimatten im Stallgang. Das wird jedes Jahr schlimmer, sagt der Senn. Im Winter keinen Schnee und im Sommer kein Wasser. Wenn das so weitergeht, sieht es hier bald aus wie in Marokko.

Am Sonntag muss es hier picobello aussehen, sagt der Bauer von der Bauerndelegation. Wenn möglich solle das Vieh länger auf der Weide bleiben, damit die Festgemeinde ungestört das Jubiläum feiern könne. Er steigt über den Holzzaun beim Stall und kommt über den Platz bis nach vorne zum Brunnen. Der Senn trottet ihm nach wie ein Alphund. Ich werde schon dafür sorgen, sagt der Senn. Auf Sonntag soll ja wieder schön sein, sagt der Bauer, als er auf dem Sockel vor dem Schweinegehege steht. Aber diese hier, die stinken, das geht natürlich nicht, wenn hier wichtige Leute auftauchen, die müssen weg. Hast du gehört, sagt der Senn zum Schweinehirten, der zwischen Schweinen und Schweinetrögen steht mit den zwei Eimern Schweinepulver.

Hinter dem Stall auf der gemähten Heuweide klappen die Bauern die Festbänke auf. In vier Reihen werden die Bänke vor dem Rednerpodest aufgestellt. Am Rednerpodest hängen bereits die Fahnen, die Schweizer Fahne, die Bündner Fahne, die Gemeindefahne. Der Morgen ist klar, der Himmel wolkenlos. Von weitem hört man das Bim Bam, Bim Bam.

Sil crest sur la hetta stattan ils alphornblesers. Els ein aposta vegni empustai siadora dalla Bassa. Ei stattan sil crest cun calzers puli ed en costüms scosauda e spetgan. Las bransinas dallas vaccas ein buca pli d'udir, cura che la societad da fiasta vegn entuorn la storta. Davon anavon la capella da stuors en uniforma, lu il Rapid ed igl Aebi culla prominenza silla punt. Davos igl Aebi il rest, tuts ensemen da buna luna, cun capialas ed en vestgius. Ils alphornblesers si dalla Bassa van en posiziun cu ei vesan la societad da giubileum. Il capellmaischter davon sper il bandierel, cul suadetsch sin frunt e levza su, sdermeina siu bastun tiel silenzio. Ils alphornblesers cun vestas cotschnidas scufladas catschan ils tuns sur las pastiras giu. Il sulegl fa pareta sin funs blau.

Il tgiet sgola si, cu il capellmaischter muenta energicamein bastun e maun. La capella entscheiva a tibar sco ord in canun il marsch el ritmus dalla pauca gronda dil Gieri Pign. Il Gieri Pign che catscha ses collegas dalla capella pir che da catschar vaccas. Sper el il Paul cul bass, cun vestas scufladas e tgau tgietschen. La societad da fiasta ei sils bauns oranschs davos las meisas oranschas da fiasta davos gronds cübels pier, ils nas e las barbas drizzau viers la capella. La capella che stat en formaziun davon il podest cun pult davon la portaclavau e petga viaden, sco sch'ei mass per veta e mort.

Auf dem Hügel stehen die Alphornbläser. Sie sind vom Unterland hinaufbestellt worden. Tadellos ausgeputzt stehen sie auf dem Hügel mit gewichsten Schuhen und warten. Die Kuhglocken sind nicht mehr zu hören, als die Festgemeinde um die Kurve kommt. Vorneweg die Blaskapelle in Uniform, dann der Rapid und der Aebi mit der Prominenz auf der Brücke. Hinter dem Aebi der Rest, allesamt gut gelaunt, mit Hüten und in Trachten. Die Alphornbläser aus dem Unterland setzen die Alphörner an, als sie die Festgemeinde sehen. Der Kapellmeister vorneweg neben dem Fahnenträger, dem der Schweiss auf Stirn und Oberlippe klebt, schwingt seinen Stab zum Silencio. Die Alphornbläser mit geschwollenen Backen und roten Köpfen jagen die Töne über die Alpwiesen. Die Sonne strahlt am wolkenlosen Mittagshimmel.

Der Hahn fliegt auf, als der Kapellmeister energisch Stab und Hand bewegt und die Kapelle wie aus einer Kanone den Marsch bläst im Rhythmus der grossen Pauke vom Gieri Pign, der seine Vorderleute antreibt, als müsse er Kühe treiben. Neben ihm der Paul mit dem Bass, mit geblähten Backen und rotem Kopf, vor der Festgemeinde, die gespannt auf den orangen Festbänken an den orangen Festtischen hinter grossen Bierkübeln sitzt. Sie haben die Nasen und Bärte auf die Kapelle gerichtet, die vor dem erhöhten Rednerpodest vor dem Eingang zum Heustall reinhaut, als ginge es um Leben und Tod.

Sur la hetta siadora sil crest schaian ils fumegls en lur überclaids blaus en venter e miran giuadora silla societad da fiasta. La societad da fiasta ei davon il podest cul pult che stat uiersch e ballontscha cübels gronds e pigns. Ils instruments dalla capella schaian sper la seiv el pastg e tarlischan el sulegl dalla sera. Ils pors van sut meisas e bauns ora e magliaccan si ils rests che schaian sut meisa en. Era las gaglinas van sut la societad da fiasta ora e peclan cheu e leu. La caura scarpa vid la bandiera cotschna vid il podest ed il tigher schai sil pult.

Las pastiras sut il Sez Ner ein magliadas giu, las crestastgiet ein daditg sfluridas, ils crests ein colurai brin. Las vaccas ein in di sin quella pastira, in di sin in'autra pastira e scarpan ora ils pastgs che restan cun lur lieungas gruvias. La fom sforza las vaccas tras las seivs giuaden els cuolms, nua ch'il pastg stat aunc pli ault che sillas pastiras d'alp. Era il Zaunkönig vegn buca da tener si ellas ed era buca las benedicziuns e las smaledicziuns dils purs.

Il zezen schai sil crest sur la hetta el pastg cun siu cudisch. Sper el igl um da crap. El cudisch stat scret: Punct in: Gest nossas cuntradas cristianas duessen daventar la secunda patria per glieud seriusa che vul e drova ruaus. Punct dus: Igl jester che elegia nossa patria per liug da cura, duei mai prender scandel de nus. Bunas relaziuns personalas rendan alla liunga era economicamein il pli bein. Punct treis: La polizia dil

Oberhalb der Hütte auf dem Hügel liegen die Hirten in ihren blauen Überkleidern und schauen auf die Festgemeinde runter, die vor dem schief stehenden Rednerpult auf den Festbänken sitzt und die Biergläser schwingt. Die Instrumente der Kapelle liegen neben dem Zaun im Gras und leuchten in der Abendsonne. Die Schweine laufen unter den Tischen durch. Sie fressen die Reste vom Essen, die unter dem Tisch liegen. Auch die Hühner laufen durch die Festgemeinde. Die Ziege reisst an der roten Fahne vor dem Rednerpult, auf dem der Tiger sitzt.

Die Weiden unterhalb vom Sez Ner sind abgefressen, die Alpenrosen längst verblüht, die Hügel bräunlich gefärbt. Die Kühe sind einen Tag auf dieser Weide, einen Tag auf der anderen, reissen die verbliebenen Gräser mit den rauen Zungen aus. Der Hunger drängt die Kühe durch die Zäune hinunter in die Maiensässe, wo das Gras noch höher steht als auf den Alpweiden. Auch der Zaunkönig kann sie nicht davon abhalten und auch nicht die Segen und Flüche der Bauern.

Der Zusenn liegt oberhalb der Hütte auf dem Hügel mit seinem Buch. Neben dem Zusenn der Steinmann. Im Buch steht, Punkt eins: Gerade unsere christlichen Gegenden sollten die zweite Heimat für seriöse Leute werden, die Ruhe wollen und brauchen. Punkt zwei: Der Fremde, der sich für unsere Heimat als Kurort entscheidet, sollte nie Anstoss an uns nehmen. Gute persönliche Beziehungen nützen auf lange Sicht auch

vitg duess astgar visar tuttas femnas che sbaglian en lur sevestgir. Punct quater: Per dis de macort'aura duessen ils hosps saver retrer ord nossas bibliotecas adattada lectura e pressa cristiana.

Quei va buca, di il signun. La vacca dil Fridolin vegn buca miseriera. Ad el seigi ei tuttina che quella hagi dau dapli latg che tschellas tier las mesiraziuns da latg. Il cranz grond dalla scargada survegn ella buca. Il zezen tschappa igl ur da sia capetscha cul maun dretg. Quella dil Fridolin, quella vegn schon da cheuvi sco sch'ella seigi la pli davosa insumma. E vinavon ha quella ina bransina mala miserabla entuorn culiez e la megliera sto era sepresentar sco la megliera. El spida ora. Jeu hai gia fatg giu cul Giachen.

La posauna dil Gion penda vid la stadera da latg. Ella peisa 3,2 kilos. El ha schau scher sia posauna la dumengia e las vaccas ein idas surora ed han runau cun la posauna tochen giu avon hetta. La dumengia haveva ella aunc en neginas bottas e fuva era buca sturschida.

Las pastiras giu Stavonas Sut ein quasi magliadas giu, di il signun. Sin quellas pastiras stuessen ins ussa catschar cavals ni nuorsas, quels maglian pli schuber

186

ökonomisch am besten. Punkt drei: Die Dorfpolizei sollte alle Frauen anweisen dürfen, die sich in ihrem Kleiden täuschen. Punkt vier: An Schlechtwettertagen sollten die Gäste aus unseren Bibliotheken angebrachte Lektüre und christliche Presse beziehen können.

Das geht nicht, sagt der Senn zum Zusenn. Die Kuh vom Fridolin wird nicht die Miseriera, die beste Milchkuh der Alp, kaschtenka. Es sei ihm gleich, dass sie mehr Milch als die anderen Kühe gegeben habe bei den monatlichen Messungen. Den grossen Kranz beim Alpabgang bekomme sie nicht. Der Zusenn greift mit seiner rechten Hand an den Mützenrand. Die vom Fridolin, die komme schon daher, als sei sie die Hinterletzte. Zudem hat sie eine lausige kleine Glocke um den Hals, und die beste Milchkuh muss auch wie die Beste auftreten. Er spuckt aus. Ich habe das mit dem Giachen bereits geregelt.

Die Posaune vom Gion hängt an der Milchwaage. Sie wiegt 3,2 Kilo. Der Gion hat seine Posaune liegen lassen am Sonntag und die Kühe sind drübergelaufen und haben sie mitgeschleppt bis vor die Hüttentüre. Am Sonntag war sie noch unverbeult und nicht verbogen.

Die Weiden auf Stavonas Sut sind bald abgefressen, sagt der Senn. Auf die Weiden müsste man jetzt Pferde treiben oder Schafe, die können kürzer mähen als

che vaccas. Sche nuorsas ni cavals van cun fom sur ina pastira ora, vesa quella ora suenter sc'in plaz da golf. Quei damognan vaccas buca.

Da temps en temps empau ieli muntaniala, di il Linus e streha a sia veglia sur culiez e baditschun vi. Il Linus di buca las massas. El ei la pazienzia en persuna, di il zezen, ha pazienzia sc'in cusch. La vacca pren il maun dil Linus en bucca. Sia lieunga ei fina sc'ina lieunga d'in vadi.

Il signun schai en venter vi davos clavau. El setta pif paf cul flobert silla schiba che penda vid la porta-clavau. El tegn dapart las combas ed ha pusau ils cumbels ella tiara. El tila regularmein flad, avon ch'el tila pil tgiern. Il lauf dil flobert sesaulza lev suenter mintga schuss. Ord il lauf vegn fin il fem.

Il fildirom ha en nuvs. Il purtger emprova da snuar dapart il fildirom. Ad el para ei che l'entira histo-ria detti mo aunc dapli nuvs, pli ditg ch'el tila e fa entuorn vidlunder. Enzacu smeina el il fildirom giun plaun. El pren puspei si il fildirom, aschi spert ch'el ei sequietaus, e fa vinavon. Aschiditg ch'il fildirom ei buca fatgs dapart, sa el buca serrar la seiv da cunfin.

die Kühe. Wenn Schafe oder Pferde hungrig über eine Weide ziehen, ist die Weide nachher kurzgeschoren wie ein Golfplatz. Das bringen die Kühe nicht fertig.

Hin und wieder ein bisschen Murmeltieröl, sagt der Linus, während er seiner Alten über den Nacken streichelt und über die Nase. Der Linus sagt nicht viel. Er ist die Geduld in Person, sagt der Zusenn, geduldig wie ein Baumstrunk. Die Kuh nimmt die Hand vom Linus in den Mund. Ihre Zunge ist geschmeidig wie die Zunge eines Kalbes.

Der Senn liegt hinter dem Stall auf dem Bauch. Er schiesst pif paf mit dem Flobert auf die Scheibe an der Heustalltüre. Er hat die Beine gespreizt und die Ellenbogen auf den Boden gestützt. Der Senn atmet gleichmässig und hält den Atem an, bevor er am Hahn zieht. Der Lauf des Floberts hebt sich leicht nach jedem Schuss. Aus dem Lauf steigt dünn der Rauch.

Der Draht ist verknotet. Der Schweinehirt versucht, den Draht auseinanderzulösen. Ihm kommt es vor, als würde sich die ganze Geschichte nur noch mehr verknoten, je mehr er daran zieht. Irgendwann schmeisst er das Drahtknäuel auf den Boden. Er nimmt es wieder auf und macht weiter. Solange er den Knoten nicht gelöst hat, kann er den Grenzzaun nicht schliessen.

Silla vart dadens dalla porta da lenn dalla scaffa ei il bestan dils davos onns nudaus cun rispli. Ils diembers dalla biestga ein restai constants. Sut las annadas stattan ils nums dalla pastreglia. Il Giachen ha raquintau la dumengia, il signun che hagi avon varga quendisch onns caschau si cheu, eri in larifari, in miserabel malvuliu, e siu caschiel brüchic eri gie ina zuamuatic, hagies gie buca astgau vender cun buna cunscienzia. Bien che sia dunna eri aunc sill'alp. Lezza eri ferma. Il vegl, quei volvacrappa, schischevi gie mo en stiva sin duas madrazzas veglias e buadravi giuaden rubas e strubas ch'el mavi mo pli sin tuttas quater per la hetta entuorn. Sia dunna hagi stuiu far la lavur culs fegls.

Il signun cascha buca pli mintga di. Biebein ina tiarza dallas vaccas ein schetgas ed ein sillas pastiras da Stavonas Sut. Ellas spetgan, tochen ch'ellas san ir anavos el vitg. Las empremas fan vadi gia l'entschatta october. Tschellas vaccas fan era buca pli bravuras. Il signun cuviera giu la caldera suenter solver e cascha pér cu la caldera ha en latg avunda. Per caschar, cu ins sappi era daco ch'ins caschi, di el. Persuenter schai el da bialaura ora avon sil baun da lenn cun dedicaziun ni ch'el va cun siu Justy dallas plauncas giu el vitg e tuorna ensi pér l'auter di ni il di sissu.

Las cartas da troccas schaian sin meisa. Ella vallada vegn dau troccas. La buobanaglia dat cullas cartas da troccas mund sutsu. Il mund ei la carta la pli ferma.

Auf der Innenseite der Schranktüre sind die Bestände der letzten Jahre mit Bleistift notiert. Die Viehzahlen sind konstant geblieben. Unter den Jahreszahlen stehen die Namen der Älpler. Der Giachen hat am Sonntag erzählt, der Senn, der davor am Stück beinahe fünfzehn Jahre auf der Alp gewesen sei, sei ein Larifari gewesen, ein elender, und sein brüchiger Käse sei eine Zumutung gewesen, habe man ja nicht mit gutem Gewissen verkaufen können. Gut sei die Frau des Sennes noch auf der Alp gewesen. Der alte Sack sei in der Stube gelegen auf zwei alten Matratzen, brandvoll Tag für Tag. Seine Frau habe die Arbeit machen müssen mit den Söhnen.

Der Senn käst nicht mehr jeden Tag. Bald ein Drittel der Kühe sind galt und jetzt auf den Weiden von Stavonas Sut. Sie warten, bis sie zurück ins Dorf können. Die ersten Kühe kalben bereits anfangs Oktober. Der Senn deckt nach dem Morgenessen den Milchkessel zu, bis weitere Milch dazukommt. Um zu käsen, wenn es sich lohnt, sagt er. Dafür setzt er sich an schönen Tagen vor die Hütte auf die Holzbank mit Widmung oder er fährt mit seinem Justy runter ins Dorf und kommt am Abend wieder hinauf oder am Tag darauf.

Die Tarockkarten liegen auf dem Tisch. Im Tal spielt man Tarock. Die Kinder spielen mit den Tarockkarten Mund sutsu, verkehrte Welt. Die stärkste Karte

La carta la pli fleivla ei il bagat. Il bagat vesa ora sc'in catschagaglinas. Il purtger metta ora las cartas silla meisa dalla stiva. Il mund sto mo ceder al bagat. Il bagat ei en sesez la ferma carta.

Las solas dils calzers da muntogna ein isadas atras silla fin dalla stad ed ils calzers da muntogna ein cumadeivels sco scalfins.

Il purtger schubregia ils plantschius. L'aua ella sadiala da plech ei stgirgrischa. El sgara culla lumpa da plantschius sur ils plantschius vi. La miarda tacca vid ils plantschius. Sch'il purtger pren si plantschius ponderescha el, tgei ch'el hagi semiau la notg avon. La notg passada ha el semiau ch'el hagi magliau siu spieghel. El ei surstaus, buca perquei ch'el ha miers giuaden siu spieghel, aber perquei ch'el ha buca spieghel. In spieghel drova el buca. Il purtger vesa sco in catschadur. El ha in eglflenta.

Il signun vul ir sill'Alp Nova, il zezen vul ir naven ed il purtger vul ina gronda purziun pomfrits cun in schnizel grond sc'ina sola d'ina stivla, cun ketschup, cun in schnez citrona e sco dessert in Cup Cäti.

La plonta ballontscha. Adatg, plonta sederscha, cloma igl um culla cätisega enta maun e fa in pass anavos. La plonta sederscha. Sia roma sdrema tschels pégns.

ist die Welt. Die schwächste Karte ist der Bagat. Der Bagat sieht aus wie ein Hühnertreiber. Der Schweinehirt legt die Karten auf dem Stubentisch aus. Die Welt unterliegt nur dem Bagat. Der Bagat ist die eigentlich stärkste Karte.

Die Sohle der Bergschuhe ist Ende Sommer abgenützt, und die Bergschuhe sind bequem wie Stubenfinken.

Der Schweinehirt nimmt die Böden auf. Das Wasser im Blecheimer ist dunkelgrau. Er fährt mit dem Bodenlumpen über die Böden. Der Dreck klebt an manchen Stellen am Boden. Wenn der Schweinehirt die Böden schrubbt, denkt er daran, was er in der Nacht geträumt hat. In der vergangenen Nacht hat er seine Brille zerbissen. Er ist verwundert, nicht weil er seine Brille zerbissen hat, sondern weil er keine Brille hat. Eine Brille braucht er nicht. Der Schweinehirt sieht wie ein Jäger. Er hat ein Flintenauge.

Der Senn will auf die Alp Nova. Der Zusenn will weg, und der Schweinehirt will eine grosse Portion Pommes-Frites mit einem dicken Schnitzel paniert, gross wie eine Stiefelsohle, mit Ketchup, mit einem Zitronenschnitz und zum Dessert ein Coupe Käthi.

Die Tanne schwankt. Attenziun, plonta sedercha, schreit der Mann mit einer brummenden Kettensäge in der Hand und macht einige Schritte zurück. Die

Il best sfracca giu diltut ed il pégn croda giuaden per la via naturala. Las cätisegas buorlan puspei. Ils umens van vid la plonta da tuttas varts neu. Las cätisegas mordan dapart la plonta e spidan il resgem sur l'entira via ora. Cheu amiez tras igl uaul vegn la via nova a menar, dils vitgs siadora tochen si Stavonas Sut. Aunc eisi buc aschilunsch, e las cätisegas vegnan buca staunclas.

Amiez via schai in crap. Il crap ei lads sco la via e schi aults sc'in fumegl. Il crap stat a mesa via, sco sch'el fuss daus giu da tschiel.

Amiez igl englar schaian ei tut bluts. Sacados e festa sper lur tgaus. Els percorschan buca il paster. La starlera sil zezen e pusa ses mauns sil pèz dil zezen. Ella dat sec. Ella surri. Il paster seretrai anavos egl uaul. Pli probabel han els dus era buca viu las vaccas dil Clemens.

Il signun schula canzuns popularas. El ha survegniu novitad dils inspecturs. Il signun schula la sera duront mulscher. El schula era l'auter di duront caschar.

Tanne kippt. Ihre Äste streifen die anderen Bäume. Der Baumstamm bricht ganz ab, und die Tanne fällt auf die Naturstrasse. Die Kettensägen brüllen wieder auf. Die Männer gehen auf die Tanne los von allen Seiten. Die Kettensägen zerbeissen die Tanne und spucken das Sägemehl über die ganze Strasse. Hier mitten durch den Wald wird die neue Strasse durchführen, von den Dörfern rauf bis nach Stavonas Sut. Noch ist es nicht so weit, und die Kettensägen werden nicht müde.

Mitten auf der Strasse nach dem letztem Tobel vor der Alpgrenze liegt ein Stein. Der Stein ist so breit wie die Strasse und so hoch wie ein Hirte. Der Stein steht da mitten auf der Strasse, als sei er vom Himmel gefallen.

Mitten in der Waldlichtung liegen zwei Nackte. Die Rucksäcke und die Stöcke liegen neben ihren Köpfen. Sie bemerken den Kuhhirten nicht. Die Hirtin liegt auf dem Zusenn und stützt ihre Hände auf seine Brust. Sie hat die Augen geschlossen. Sie lächelt. Der Kuhhirt verzieht sich in den Wald. Vermutlich haben die zwei die Kühe vom Clemens auch nicht gesehen.

Der Senn pfeift Volkslieder. Er hat Nachrichten bekommen von den Inspektoren. Der Senn pfeift beim Abendmelken. Er pfeift auch am nächsten Tag beim Käsen.

Il Giosch penda vida sia vacca sco il signun vida siu tschaler da caschiel. Eis ei inaga lu aschilunsch, lai il Giosch aunc stuppar ora sia vacca e metta ella en stiva caulda, di il signun. Ina tala vacca has ti mo inaga en in miez tschentaner, di il Giosch si pil signun. Quellas ein scarsas e creschan buca davos la crappa.

Ils fumegls stattan sil crest sut il Sez Ner e fieran crappa giu silla tabla da skis. La tabla melna da skis vid la petga cotschna schai el trutg da vaccas. La tabla rispunda a mintga crap che tucca ella. La crappa fa bials artgs. Il paster meina treis dus. Aunc dus craps per in. Suenter mass ei lu vinavon el sistem k.o., tochen ch'il victur ei fatgs ora ed era il sperdider che ha da trottar sil Sez Ner e rimnar ensemen ils palsseiv.

Il zezen sesa sil baun da lenn davon hetta e fa la barba. Spel zezen sil baun ei in zeiver cun aua caulda che fema. Enta maun tegn el in toc d'in spieghel. Il cunti da far la barba vegn mo cun fadigia anavon tras la barba. La spema da far la barba tacca al zezen vid culiez ed ureglias. Silla vesta ha il cunti da far la barba miers. Ord la vesta cula la lingia da saung sur la vesta giu.

Il tschagrun ha la starlera fatg, buontad. Il Luis dat in toc al paster. El pachetescha ora ina butteglia e dus glas e derscha en. El miri da temps en temps speras-

Der Giosch hängt an seiner Kuh wie der Senn an seinem Käsekeller. Ist es mal so weit, wird der Giosch seine Kuh noch ausstopfen lassen und in die warme Stube stellen, sagt der Senn. So eine Kuh hast du einmal in einem halben Jahrhundert, sagt der Giosch zum Zusenn. Die sind rar und wachsen nicht hinter den Steinen.

Die Hirten stehen auf dem Hügel unterhalb des Sez Ner und werfen Steine auf die Skitafel. Die gelbe Skitafel am roten Pfosten liegt in den Viehwegen. Die Tafel antwortet, wenn ein Stein sie trifft. Die Steine fliegen in weitem Bogen. Der Kuhhirt führt drei zu zwei. Noch verbleiben vier Steine. Nachher geht es im K.O.-System weiter, bis der Gewinner feststeht und auch der Verlierer, der auf den Sez Ner laufen muss, um die Zaunpfähle einzusammeln.

Der Zusenn sitzt vor der Hütte auf der Bank und rasiert sich. Neben dem Zusenn auf der Holzbank ist ein Becken mit Wasser. Das Wasser im Becken dampft. In der Hand hält der Zusenn ein Stück von einem Spiegel. Das Rasiermesser kommt nur mühsam voran im Bart. Der Rasierschaum klebt dem Zusenn am Hals und an den Ohren. Er hat sich geschnitten. Aus dem Schnitt läuft eine Blutspur über die Backe.

Den Ziger hat die Hirtin von der Rinderalp gemacht, köstlich. Der Luis reicht dem Kuhhirten ein Stück. Er packt ein Fläschchen aus und zwei Gläser und

vi tier la starlera, sche tut seigi en uorden. Il starler che seigi staus avon sin quell'alp hagien ins anflau, quel hagi viu ora, zachergiavel, aber quei schaigi gia onns anavos. Quel ha viu ora brav, di il Luis. Jeu hai gidau ad ir cun el ed a satrar. El vitg han ei lu reclamau, perquei che nus havein satrau il disgraziau en in vischi ord aissas buca splanadas. El derscha suenter ed empleina ils glas tochen sum. Sez han ei gie buca vuliu satrar el. Quel ei numnadamein buca ius a messa, aber reclamar schon, gliez schon. Ei fan viva, stoda bien, quei tschagrun.

Il Toni Liung catscha il davos piertg viaden egl Aebi e siara la clappa. Ils pors stattan da stretg ella chista sigl Aebi. Els sgregnan sco sch'ei savessen daco ch'ei ein en quella chista. Ussa eisi aschi liung sco lad, sch'ei han aunc il rinc el nas ni buca, il mezcher giu el vitg interessescha quei buca.

La veglia dil Linus, quella vas ti oz giun Stavonas Sut pertut, di il signun. Il Linus vegni si cul Rapid per ella. Quella fa gie puspei vadi, in asen dad aur ei quei, la veglia dil Linus, fa vadi schi stedi sco autras vaccas gnanc en duas vetas. El taglia giu in toc paun. Va aunc ora per pischada, di el si pil paster, e pren grad frestga ord panaglia. Il Linus ei in Gion da cletg. Quel ha in nas fin, cun tut tgei ch'el fa. Il paster tschenta il taglier cun pischada frestga sin meisa. El petga en il tgau vid la cornatscharva che penda vid la preit. La

schenkt ein. Er schaue hin und wieder bei der Hirtin vorbei, ob alles in Ordnung sei. Den alten Hirten der Rinderalp hat man gefunden halb verfressen, sind auch schon Jahre her. Übel hat er ausgesehen, sagt der Luis. Ich habe geholfen, ihn zu bergen und begraben. Im Dorf haben sie dann reklamiert, weil wir den verunglückten Hirten in einem Sarg aus ungehobelten Brettern begraben haben. Er schenkt nach und füllt die Gläser ganz. Selber haben sie ihn ja nicht begraben wollen. Der ist nämlich nicht in die Kirche, aber reklamieren schon, das schon. Sie stossen an, ganz ausgezeichnet, der Ziger.

Der Toni Liung treibt das letzte Schwein auf den Aebi und macht die Klappe zu. Die Schweine stehen dicht gedrängt im Kastenwagen. Sie quietschen, als wüssten sie, warum sie in diesem Kasten sind. Jetzt ist es gleich, ob sie noch Nasenringe haben oder nicht, den Metzger im Dorf interessiert das nicht.

Die Alte vom Linus, die holst du heute von Stavonas Sut rauf, sagt der Senn. Der Linus komme sie mit dem Rapid holen. Die kalbt ja schon bald, ein Goldesel ist das, die Alte vom Linus, kalbt so viel wie andere Kühe nicht in zwei Leben. Er schneidet sich ein Stück Brot ab. Hol noch Butter, sagt er zum Kuhhirten, und nimm grad von der frischen aus dem Butterfass. Der Linus ist ein Glückspeter. Der habe in nas fin, eine feine Nase, in allem, was er anpacke. Der Kuhhirt stellt den Teller mit frischer Butter auf

cornatscharva ballontscha, dat aber buca giu. Quei ei il ventgadusavel vadi da sia veglia, quella fa vadi e fa e fa e vul buca carpar. Il zezen bogna siu paun el caffe. El dueigi aber, cura ch'el mondi giu per quella dil Linus, schar cheu il tgaun e buca catschar la veglia dallas plauncas siadora sc'ina racheta. Quella ei gie buca pli la pli giuvna, e vadials fiers havein lu gleiti giu avunda zaffermustas.

Il Giachen stat onsum e mira giu sils profils ch'ei han mess si. In hotel permiez la mesa vallada siadora veglien ei far. In da sai jeu nua hagi cumprau si rubas e strubas. Vitier vegli el grad aunc baghegiar ina halla dad ir cun skis per ch'ei sappien ir cun skis igl entir benediu onn ora. E quel che fetschi quei monster hagi gest aunc cumprau giu il Tumpiv. Ei va matei buca ditg ch'il Tumpiv vegn entväder battegiaus entuorn ni grad fatgs giu ni silmeins giu cul spitg, per ch'ei sappien lu ir si cul helicopter e beiber cüplis. Lu eis ei lu finiu cul ruaus, gell.

Il caffe ei maghers sco péschvacca. La puorla da caffe ei vegnida cnap e pils dis che restan sto la puorla da caffe aunc tonscher. Mintga expensa dapli munta

den Tisch. Er schlägt den Kopf am Hirschgeweih an. Das Hirschgeweih wackelt, fällt aber nicht. Das ist das zweiundzwanzigste Kalb von seiner Alten, die kalbt und kalbt und will nicht verrecken. Der Zusenn tunkt ein Stück Brot in seinen Milchkaffee. Er solle aber, wenn er die vom Linus hole, gefälligst den Hund hier lassen und die Kuh nicht wie eine Rakete den Hang raufjagen. Die ist ja nicht mehr die jüngste, und geworfene Kälber haben wir ja wohl genug gehabt, zaffermustas.

Der Giachen steht auf dem Sockel vor dem Schweinegehege und schaut runter auf die Profile, die im Sommer aufgestellt worden sind. Ein Hotel mitten durch das Tal hinauf wolle man bauen. Einer von weiss ich wo habe Rubas e Schrubas aufgekauft. Dazu wolle er grad noch eine Skihalle bauen, damit sie Winter und Sommer das ganze Jahr durch skifahren können. Und der Cuac, der dieses Monster baue, habe gerade noch dazu den Tumpiv abgekauft. Es dauert vermutlich nicht mehr lange, bis der Tumpiv entweder umgetauft wird oder grad abgemacht wird oder mindestens der Spitz, damit sie dann mit dem Helikopter auf den Tumpiv können, um ihre Küplis dort oben zu schlürfen. Dann ist es dann vorbei mit der Ruhe, gell.

Der Kaffee ist dünn wie Kuhbrünnze. Das Kaffeepulver ist knapp geworden, und für die verbleibenden Tage muss das Kaffeepulver ausreichen. Jede Auslage

meins paga per la pastreglia. Cheu astga il caffe ruasseivlamein esser empau pli clars. Pils fumegls ei il caffe buius ora. Vus saveis beiber aua, quei ei soviso meglier per vus, schiglioc essas vus soviso memia zaplics, di il signun.

Il milchmesser stat en stiva davon la preit da lenn, nua che la cornatscharva penda. La corna dalla tscharva sestenda davos siu tgau viadora sin omisduas varts. Jeu sun leds che quei ei la davosa mesiraziun da latg. Reiver siadora mintga meins, el possi gleiti buca pli, di el. Per l'auter onn duein ils purs anflar in auter löli.

Ti has aunc buca empriu ora, di il signun si pil purtger. Tochen tiel signun damognas ti buca pli en quella veta, quei mettel pag in vadi, forsa ella surproxima. Sco signun crodas buca giu da tschiel, sco signun neschas. Sco purtger era.

Il purtger ei spegl um da crap. Stgisa, di il purtger e pren dapart igl um da crap. Crap per crap pren el enta maun, mira e volva la crappa sin tuttas varts, sco sch'el havess d'analisar la consistenza, e metta ora la crappa, la gronda sin in mantun, la mesauna e la pintga, tochen ch'igl um da crap ei demontaus. Soli, di el, pren ina platta da crap, streha cul maun suravi e metta ella el pastg nua ch'igl um da crap steva. El pren in crap git e sgara in segn ella platta. Il purtger

mehr bedeutet weniger Lohn für die Älpler. Da darf der Kaffee ruhig ein bissen dünner geraten. Für die Hirten ist der Kaffee ausgetrunken. Ihr könnt Wasser trinken, das ist sowieso besser für euch, sonst werdet ihr mir nur zappelig, sagt der Senn.

Der Milchmesser steht in der Stube mit dem Rücken zur Holzwand vor dem Hirschgeweih. Die Hirsch-hörner stehen an seinem weissen Schopf auf beiden Seiten hervor. Ich bin froh, ist das die letzte Milch-messung. Jeden Monat da hochklettern, er möge bald nicht mehr, sagt er. Für nächstes Jahr sollen die Bau-ern einen anderen Löli finden.

Du hast noch nicht ausgelernt, sagt der Senn zum Schweinehirten. Zum Senn schaffst du es in diesem Leben nicht mehr, darauf wette ich ein Kalb, viel-leicht im übernächsten. Als Senn fällt man nicht vom Himmel, als Senn wird man geboren. Als Schweine-hirte auch.

Der Schweinehirt steht neben dem Steinmann. Par-don, sagt der Schweinehirt und nimmt den Steinmann auseinander. Stein für Stein nimmt er in die Hand, schaut die Stücke genau an, als müsste er sie auf ihre Beschaffenheit prüfen, und legt sie aus, die grossen auf einen Haufen, die mittelgrossen und die kleinen, bis der Steinmann zerlegt ist. Soli, sagt er, nimmt eine Steinplatte, streicht mit der Hand darüber und legt sie ins Gras, wo der Steinmann gestanden hat.

caveglia la crappa silla platta, toc per toc e cun pre-
cauziun, per ch'igl um da crap tegni era petg all'aura
sut, tochen ch'igl um da crap ei mess ensemen.

Il sal po tras las narbas dils vons gruvis da plastic vi-
aden sils mauns. Il paster sfundra ils mauns cun vons
da lavar giu ella scotga, per ch'ei cali da barschar per
in amenet. Il signun vegn en tschaler da caschiel e stat
davon la meisa culs mauns a calun. El toffa orda bucca
da vinars. El mira tier ina piaza e va lu orda tschaler
da caschiel e sbatta igl esch. Il prer hagi declarau ad
el dil giubileum, di il zezen si pil paster, daco ch'ins
astgi buca beiber alcohol senza far viva. El volva la
magnucca en rudi e fruscha cul barschun sur la ma-
gnucca vi. La magnucca vesa ora ella glisch falombra
dil tschaler da caschiel sc'ina hostia gartegiada memia
gronda. Il far viva, meglier detg, il tun dils glas da far
viva, scatscha il nausch ord igl alcohol.

Il signun sesa davon hetta sil baun da lenn. Enta
maun tegn el il radio cull'antenna rutta giu. Igl uestg
da Cuera vegli in exorcist, vegn detg el radio. Il pur-
tger sgara cul badel sul plaz vi. Pscht, di il signun. Il
radio ramura puspei mo, smalediu toc dil giavel, di
il signun. El strubegia vid la schruba dil radio. Spel
signun sil baun da lenn ei il Blick sblihiu ch'in pur ha

204

Er kratzt mit einem spitzen Stein ein Zeichen in die Platte. Der Schweinehirt schichtet die Steine auf die Platte, Stück für Stück und mit Sorgfalt, damit der Steinmann dem Wettertreiben auch standhält, bis der Steinmann zusammengesetzt ist.

Das Salz dringt durch die feinen Risse der brüchigen Plastikhandschuhe auf die Hände. Der Kuhhirt taucht die Hände in die Schotte, damit das Brennen für Augenblicke aufhört. Der Senn kommt in den Käsekeller und steht mit den Händen in den Hüften vor dem Tisch. Er stinkt aus dem Mund nach starkem Brand. Er schaut eine Weile zu, geht dann aus dem Käsekeller und schlägt die Türe zu. Der Pfarrer habe ihm am Jubiläumsfest versucht zu erklären, sagt der Zusenn zum Kuhhirten, warum man nicht Alkohol trinken dürfe, ohne davor angestossen zu haben. Er dreht mit einer Hand den Käselaib im Kreis, der im schummerigen Licht des Käsekellers aussieht wie eine zu gross geratene Hostie. Das Anstossen, besser gesagt das Klirren der Gläser, vertreibe das Böse aus dem Alkohol.

Der Senn sitzt vor der Hütte auf der Holzbank mit dem Radio mit geknickter Antenne in der Hand. Der Bischof von Chur wolle einen Exorzisten einstellen, sagen sie im Radio. Der Schweinehirt kratzt mit der Mistschaufel über den Platz. Bscht, sagt der Senn. Das Radio rauscht wieder nur, Teufelsding verfluchtes, sagt der Senn. Er dreht an der Schraube des

schau anavos en stiva. Il purtger stauscha la carretta cul bratsch rut giu sul plaz vi e da stalla viaden. Sigl ur dil begl stat il tgiet e craschla.

Il Clemens, quei stotteri, ei puspei si da spital, di il Köbi. La plievgia splunta encunter la finiastra. Il radio cull'antenna rutta ramura. El seigi grad staus in pèr jamnas en spital, seigi staus bein nuot. Ils purs dattan il tgau. Ussa hagi el meglier, beibi aunc adina sc'ina honta. El hagi halt cul vinars. Al Clemens hagien ei era vuliu disar giu il fimar giun spital. Ussa fema el puspei sc'ina locomotiva, di il Giachen. En spital seigi il Clemens ius da tschendrer tier tschendrer ed hagi fimau giu a fin ils stumbels da cigarettas dils auters. Da tschoss alvs tegni il Clemens dapi lu aunc bia pli pauc. Il Clemens damogna aber negin aschi spert daleuvi, buca quel cheusi, buca quel cheugiu ed era buca il vinars. Smaledet zai. Il paster porta caffe-schnaps en stiva e metta giu sin meisa. Ussa mondi el puspei da spelunca a spelunca igl entir benediu di. Vegn el ell'ustria, stenda el il det polisch ensi si per la cameriera, quei vul di, in pier grond.

Radios. Neben ihm auf der Holzbank liegt der vergilbte Blick, den die Bauern haben liegen lassen in der Stube. Der Schweinehirt schiebt die Carretta mit abgebrochenem Arm über den Platz in den Stall. Das Rad der Carretta quietscht. Auf dem Brunnenrand steht der Hahn und kräht.

Der Clemens, der Stotteri, sei wieder aus dem Spital, sagt der Köbi. Der Regen klopft gegen die Fensterscheibe. Das Radio mit geknickter Antenne rauscht. Er sei gerade ein paar Wochen im Spital gewesen, sei böse dran gewesen. Die Bauern nicken. Jetzt gehe es ihm besser, trinke immer noch wie ein Ross. Er habe es halt mit dem Schnaps. Dem Clemens habe man im Spital auch das Rauchen abgewöhnen wollen. Jetzt raucht er wieder wie eine Lokomotive, sagt der Giachen. Im Spital sei der Clemens von Aschenbecher zu Aschenbecher und habe die Zigarettenstummel der anderen fertig geraucht. Von weissen Kitteln und ihren Weisheiten halte der Clemens seitdem noch weniger. Den Clemens bringt aber niemand so schnell um, nicht der dort oben, nicht der dort unten und auch nicht der Schnaps. Smaledet zai, ein verflucht Zäher. Der Kuhhirt trägt den heissen Kaffeekrug und den Berggeist in die Stube, stellt sie auf den Tisch ab. Jetzt gehe er wieder von Beiz zu Beiz den ganzen Tag. Kommt er in die Beiz, streckt er den Daumen nach oben zur Wirtin hin, das heisst, ein grosses Bier.

Tgei fas culla caura, damonda il Giosch. Quei ei ina caura pli dubiusa. La caura seglia giu digl ur dil begl. Schi da piertg ei quella caura nuota. El prendi lu schon ella, di il Giosch. Inaga mirar, di il signun e pren il pastg orda bucca. Giu el vitg hai dau in, quel ei ussa gia decennis morts, di il Giosch, quel ha giu sia caura sia vet'entira en stalla el stgir vid la cadeina. Casch tenca che quel havess schau ora la caura mo inagada, nuot. El pren la crutscha ord bucca. Tuts el vitg savevan ch'el havevi sia caura el stgir vid la cadeina, aber viu la caura haveva negin.

Ils cranzs per la scargada schaian en stiva sin meisa. Il cranz per la miseriera vesa ora sc'ina sutga da mulscher decorada. Il cranz per la pugniera vesa ora tuttina. Els han dau breigia culs cranzs, nua che fluras cotschnas ed alvas da pupi ein ligiadas si denter avunda dascha frestga.

La morala ei la purgina, di il Luis. E la purgina vegni tier nus baul e mondi tard. Cu la purgina vegn, brischa ella naven ils pastgs fins e schubregia ils crests. Tgei che stat suenter aunc ei schon adina stau cheu. Silla purgina sas sefidar.

Quei ei in cabaret, di il zezen.

Was passiert mit der Ziege, fragt der Giosch. Die Drecksziege kann mir gestohlen bleiben. Die Ziege springt vom Brunnenrand. Sei doch eine ordentliche, er nehme sie denn schon, sagt der Giosch. Mal sehen, sagt der Senn und nimmt den Grashalm aus dem Mund. Im Dorf hat es einen gegeben, der ist jetzt schon einige Jahre tot, sagt der Giosch, der hat seine Ziege ihr ganzes Leben lang im Stall im Dunkeln an der Kette gehabt. Er nimmt seine Krumme aus dem Mund. Alle im Dorf hätten es gewusst, er nimmt die Zündhölzchen aus der Tschopentasche, aber die Ziege gesehen hatte niemand.

Die Kränze für den Alpabgang stehen in der Stube auf dem Tisch. Der Kranz für die Miseriera sieht aus wie ein geschmückter Melkstuhl. Gleich sieht der Kranz für die Pugniera aus, die stärkste Kuh. Sie haben sich Mühe gegeben mit den Kränzen, an die sie festlich rote und weisse Papierblumen geheftet haben und genügend frische Tannenzweige.

Die Moral ist der Frost, sagt der Luis. Und der Frost komme bei uns früh und gehe spät. Wenn der Frost kommt, brennt er die zarten Gräser weg und säubert die Hügel. Was stehen bleibe, sei schon immer da gewesen. Auf den Frost ist Verlass.

Das ist ein Cabaret, sagt der Zusenn.

Ti smaccaschnecs fas meglier da stuppar, di il Giachen si pil Gieri Blut. El stoppi nuota haver il tgil plein ch'el fetschi il pegliasis, tgi che seigi il portamedaglias sappi l'entira vallada, el dueigi far meglier da schar adatg. El smanatscha cul pugn, e smaccaschnecs laschi el lu dir da negin, gell, el muossi lu schon nua che Diu sesi, in vendagaglinas in smalediu miserabel seigi el, grescha il Giachen. Il Toni Liung semischeida era aunc en, il Köbi era, tochen ch'il Gieri tschappa il Giachen per las ureglias.

Il paster catscha las vaccas suenter il davos mulscher vi davos sil prau da fein, nua ch'il zezen ei e ligia si cranzs gronds e pigns allas vaccas. Las vaccas emprovan da scarpar giu ils cranzs vid la cantunada dalla stalla e vid la seiv da lenn. Fluras cotschnas ed alvas da pupi schaian pil prau entuorn. Tochen ch'il zezen ed il paster han ligiau si alla fin ils cranzs, han las neblas definitivamein cuvretg en la vallada.

Davos stalla silla buora sper la carretta cul bratsch rut giu vegn fatg dertgira. Il purtger tegn la gaglina vid las combas e sdermeina la gaglina tras l'aria. La sigir gronda tarlischa els davos radis fleivels dil sulegl. Zac. La gaglina senza tgau cuora desperada sur bots e crappa e crests e crestastgiet sfluridas suls trutgs dallas vaccas, sco sch'ella havess viu la mort. Tschun ulteriuras gadas batta la sigir gronda giuaden silla buora. Sis tgausgaglina schaian el saung entuorn la buora. Ina

Du Strohkopf hältst lieber dicht, sagt der Giachen zum Gieri Blut. Er müsse schon keine Angst haben, dass er zu kurz komme, wer hier den grossen Gong trage, wisse das ganze Tal, er solle lieber aufpassen. Er droht mit der Faust, und Strohkopf lasse er sich denn von niemandem sagen, gell, er zeige ihm schon wo Gott hocke, ein Tgigerlut sei er. Elender Strohkopf du miserabler, schreit der Giachen. Der Toni Liung mischt sich auch noch ein, der Köbi auch, bis der Gieri den Giachen an den Ohren packt.

Der Kuhhirt treibt die Kühe nach dem letzten Melken auf die Heuweide, wo der Zusenn vor den Schachteln mit Kränzen steht und den Kühen kleinere und grössere Kränze aufbindet. Die Kühe versuchen an der Stallecke und am Holzzaun, die Kränze wegzureissen. Bis der Zusenn und der Kuhhirte die Kränze fertig aufgebunden haben, haben die Wolken das Tal endgültig zugedeckt.

Hinter dem Stall neben der Carretta mit abgebrochenem Arm steht der Holzklotz. Auf dem Holzklotz wird Gericht gehalten. Der Schweinehirt hält das Huhn fest an den Beinen und schleudert es durch die Luft. Die grosse Axt blitzt in den letzten Sonnenstrahlen auf. Zac. Das kopflose Huhn springt auf den Viehwegen, über Bühle und über Steine, als hätte es den Tod gesehen. Fünf weitere Male schmettert die Axt auf den Holzklotz nieder. Sechs Hühnerköpfe lie-

suletta gaglina vonza entuorn il tgiet. Zac. Ed il tgiet ei persuls.

Ils purs han purtau als fumegls camischas cun culiers da fluras e musters da fluras sullas schuialas giu. Els han purtau las camischas als fumegls per che lezs sappien trer en quellas enstagl da lur überclaids blaus, per ch'ils nasobjectiv giu els vitgs sappien prender giu fotografias cun els cun quellas camischas davon la muaglia cun cranzs che pendan da tuttas varts giu. Ils fests enta maun, las capialas sin tgau, bass giuaden el frunt. Ils fumegls vegnan a trer ora las camischa suenter il davos viadi e dar anavos ellas alla delegaziun da purs. La delegaziun da purs che vegn, cu la muaglia ei arrivada el vitg, a buentar giu la biala stad ell'ustria, cu ils fumegls, adiö, ein daditg svani.

La muaglia entscheiva a caminar. Davon anavon las vaccas culs cranzs gronds, cun platialunas ch'ils purs han purtau si d'alp per la scargada. Platialas grondas sco tgaustaur ch'ei purtassen il pli bugen sezs. Cranz per cranz viandescha dalla plaunca giuaden, tochen la davosa cua cun in flot cranz. Anavos restan il signun ed il tgiet.

La plievgia fa pli grob ed aunc avon che la muaglia contonscha igl ur digl uaul dracca ei sco darar, ei dracca per dus decennis, adina pli ferm tila la dracca sur ils dos dallas vaccas en. Senza remischun sfracca

gen im Blut um den Holzklotz. Ein einziges Huhn bleibt übrig. Zac. Und alleine ist der Hahn.

Die Bauern haben den Hirten Alphemden gebracht mit geblümten Kragen, die sie angezogen haben, damit die Objektivnasen in den Dörfern sie vor der Herde mit hängenden Kränzen fotografieren können, die Stöcke in der Hand, die Hüte auf den Köpfen, tief in die Stirn gezogen. Die Hirten werden im Dorf nach dem letzten Gang die Alphemden der Bauerndelegation zurückgeben. Nach der Ankunft der Herde werden die Bauern den guten Sommer in der Beiz begiessen, wenn die Hirten, adieu, längst verschwunden sind.

Die Herde läuft los. Vorneweg die Kühe mit den grossen Kränzen, mit anmassend üppigen Glocken, die die Bauern auf die Alp gebracht haben für den Alpabgang. Glocken grösser als Stierenköpfe, die sie am liebsten selber getragen hätten. Kranz um Kranz wandelt den Hang hinunter, bis zum hinterletzten Kuhhals mit einem flotten Kranz. Zurück bleiben der Hahn und der Senn.

Der Regen wird heftiger, die Wolken sind gebrochen. Noch bevor die Herde den Waldrand erreicht, regnet es wie selten, regnet für zwei Jahrzehnte, immer stärker zieht der Regen über die Kuhrücken, erbar-

la dracca giuaden sill'alp, sco sche la dracca havess da lavar atras l'alp, sco sche la dracca havess da prender cun las spundas cun hetta e stalla e tutti quanti, quei entir circus.

mungslos drescht der Regen auf die Alp nieder, als würde der Regen die Alp durchputzen, als würde der Regen die Hänge mit sich nehmen mit Stall und Hütte und tutti quanti, den ganzen Zirkus.

Arno Camenisch, Sez Ner

Sez Ner erschien zum ersten Mal im April 2010,
die neunte Auflage erscheint im April 2021. Druck
und Bindung durch die Druckerei Finidr in Teschen,
Tschechien. Das Lektorat des romanischen Textes
besorgte Clà Riatsch, das Korrektorat Ursin Lutz,
das Lektorat und Korrektorat des deutschen Textes
Urs Engeler, die Assistenz in beiden Sprachen
Esther Hool, die typographische Einrichtung aus
der Garamond und die Umschlaggestaltung
Marcel Schmid in Basel.

ISBN 978-3-906050-01-0

http://www.engeler-verlag.com